Magerion Zimmer-Bradwurst

Die Schnäbel

von

Avalon

"...Worgaime le Fay wurde nicht verheiratet.
Warum auch? Damals hätte es
keine Steuervorteile erbracht."
Thomas Ballhorney L'amour d'Arthur

Die Schnäbel von Avalon: Zur Dekonstruktion eines Mythos. Ergebnisbericht der Projektgruppe "Dekonstruktive Analyse trivialer Gegenwartsliteratur". Vgl. Anm. S.112

Obige kurze Internet-Recherche zeigte: Ca. 34.000 Internetseiten schmückten sich Anno Domini 2001 mit dem Namen AVALON, vom Fantasy-Rollenspiel über Popmusiker, Kfz-Bauer, E-Commercer, Domina-Studios und ein geheimes Nazi-Projekt zum Wiederaufbau des Dritten Reiches bis hin zu Esoterikhändlern, Astrologen und Blaskapellen; von all diesen, insbesondere den drei letzteren, distanzieren wir uns. Dies ist der Original-Avalon-König-Artus-Tafelrunden-Mythos (d.h. nahezu original).

Die Schnäbel von Avalon, Magerion Zimmer-Bradwurst
Hamburg, 2001 n.Chr. Druck/Vertrieb: Books-On-Demand (www.bod.de)
Copyright by T.H.Barth. Alle Rechte vorbehalten,
insbesondere das der Verfilmung als Hollywoodschnulze.
Printed in Germany **ISBN 3-8311-1647-4**

Vorwort

Zu meiner Zeit hat man mir viele Namen gegeben:
Schwester, Geliebte, Priesterin, weise Frau und Königin.
Jetzt bin ich wirklich eine weise Frau geworden...

Mit diesen Worten begann eine der erstaunlichsten Erfolgsgeschichten der New-Age-Ära der 80er-Jahre: Marion Zimmer-Bradleys "Die Nebel von Avalon"[1] verkaufte sich an die zwei Millionen mal: Edle Königinnen, matriarchalische Weisheit[2] und Liebesspiele unter Schwestern –das war trendy zur Zeit des Latzhosen-Feminismus. Was sollte frau auch machen? Die schwierigen Marx-Texte, mit denen sich die Alt-68erInnen noch geplagt hatten, lagen inzwischen in Sachcomic-Fassung vor und das qualvolle Studium von Markenkatalogen war erst der modischen Armanibrillen-Feministin gestattet.[3] Da kam ein Epos[4] gerade recht, in dem weise Priesterinnen die heldenhaften Ritter der Tafelrunde wie pubertierende Bübchen herum schubsen konnten, in dem der Nebel noch Nebel, der Adel noch edel und jede salbungsvolle Phrase eine esoterische Weisheit war.

Dem investigativen Journalismus des weltberühmten Wochenblattes DER SPIEGEL ist es zu verdanken, dass eine breite Öffentlichkeit kaum 20 Jahre später von diesem Werk erfuhr:
"Bradley hatte so recht die Schwarte krachen lassen; ihr Wälzer erzählt die Sage des edlen mittelalterlichen Britenherrschers Artus und seiner Tafelrunde nach, allerdings aus der Sicht der Hofdamen und Burgfräulein und ein paar weiser Frauen, vulgo Hexen. Wichtigste Heldin im Figurendickicht der "Nebel" ist eine gewisse Morgaine, die von der heidnischen, auf der Insel Avalon angesiedelten Hohen Priesterin Viviane zu ihrer Nachfolgerin erkoren wird. Nach einem besonders unappetitlichen Ritual aber verzichtet die junge Heldin dankend auf die Ehre der Nachfolge..."[5]

Hier hatte man die "umständliche Handlung" (SPIEGEL) zwar nicht ganz verstanden, aber der Artikel sparte trotzdem nicht mit weitschweifiger soziologischer Hintergrundanalyse, ermüdenden historischen Details und

---

[1] Zimmer-Bradley, Marion, Die Nebel von Avalon, Frankfurt: Fischer Taschenbuch Verlag 1987 (amerikanisches Original 1982), passim.
[2] Vgl. Göttner-Abendroth, Heide, Das Matriarchat II,2: Stammesgesellschaften in Amerika, Indien, Afrika, Stuttgart u.a.: Kohlhammer 2000, S.208 ff.
[3] Vgl. Raab, Heike, Foucault und der feministische Poststrukturalismus, Dortmund: Ebersbach 1998, S.57 ff.
[4] Vgl. Andreotti, Mario, Die Struktur der modernen Literatur: Neue Wege in der Textanalyse. Einführung Epik und Lyrik, Bern/Stuttgart: UTB 1983, S.92 ff.
[5] Weingarten, Susanne, "Irre Schreie: Die Mittelalter-Saga ‚Die Nebel von Avalon...'", in: DER SPIEGEL, Nr.41/2000, S.241.

degoutanter Kritik am Feminismus:
"In endlosen Dialogen werden Kaminvorleger-Dramen und Beziehungsquerelen verhandelt: ‚Die Nebel von Avalon' sind, wenn auch heidnisch und archaisch verbrämt, nichts anderes als die Mittelalter-Variante von Endlos-Fernsehdramen wie ‚Dallas' oder ‚Dynasty'... Dass außerdem mit mildem feministischen Raunen der Untergang der alten, toleranten, von Frauen geführten Naturreligionen beklagt und die Handlung ordentlich mit Esoterik eingeräuchert wird, passte in eine Zeit, in der spirituell geläuterte Mittelständlerinnen mit Kräutertee, Patschuli und Sandelholzstäbchen ihre innere Balance suchten..." (SPIEGEL a.a.O.)

Mit dieser eher unbefriedigenden Analyse leiten wir über zur satirisch-dekonstruktiven Kurzfassung,[6] deren "süßeste Galanterie"[7] hier ganz nebenbei auch die gralsbesoffene Parsifalhudelei à la Richard Wagner adaptiv perforiert: "Der Artusstoff war neu und von Traditionen unbelastet, er konnte am besten mit aktuellen Inhalten gefüllt werden..."[8] (sic!). Daher unverbrämt, entspiritualisiert,[9] ausgeräuchert und reich bebildert:[10]

Die Schnäbel von Avalon
– das Buch zum Film!

"Dann funkelten Himmel und Wasser wie die Juwelen, mit denen Gorlois sie an dem Tag überschüttet hatte, an dem sie ihm sagte, sie sei schwanger und erwarte sein erstes Kind..." Marion Zimmer Bradley, Die Nebel von Avalon, S.13

[6] Vgl. Derrida, Jacques, Heideggers Hand (Geschlecht II), in: Engelmann, P. (Hg.), Postmoderne und Dekonstruktion, Stuttgart: Reclam 1990, S.165-223, S.168 f.
[7] Heine, Heinrich, Die romantische Schule, Original Paris 1833, zit.nach billige Reclamausgabe, S.15.
[8] Mertens, Volker, Der deutsche Artusroman, Stuttgart 1998, S.11.
[9] Vgl. Foucault, Michel, Der Gebrauch der Lüste. Sexualität und Wahrheit Bd. 2, Frankfurt: Suhrkamp 1989, S.259 ff.
[10] Der Dank der Projektgruppe gebührt der historisch-pornographischen Vorarbeit von Hans Peter Duerr, Der Mythos vom Zivilisationsprozeß Bd.I-IV, Frankfurt: Suhrkamp 1988, passim. (Bildangebote des Fernsehsenders SAT1 bezüglich seiner Avalon-TV-Produktion konnten leider aus ästhetischen Gründen nicht berücksichtigt werden.)

PROLOG

Worgaime erzählt...

Zu meiner Zeit hat man mir viele Namen gegeben: Schwester, Priesterin, Königin, Mausi und verrückte Gans. Vor allem letzteren. Und vielleicht kommt eine Zeit, in der es irgend jemanden interessiert, warum alles so kommen mußte. Wahrscheinlich nicht. Denn ich schätze, die nüchterne Wahrheit wird sein, dass die Christen das letzte Wort haben. Schwavalon, die Heilige Insel der Geweihten Gänse, die die Uneingeweihten heute Avalon, Äpfelinsel, nennen ist verschwunden. Aber keine Angst, das allerletzte Wort ist noch nicht gesprochen...

Die Welt hat sich verändert. Barfus -mein Bruder, mein Geliebter, der König, der war und der König, der gewesen sein wird- ist mausetot. Jetzt, da er auf der Heiligen Insel Schwavalon ruht, und somit keine Beleidigungsklage mehr gegen mich anstrengen kann, soll die Geschichte nun erzählt werden. Die Welt soll erfahren, wie es war, ehe durch das römische Weltreich, den Einzug der christlichen Religion und eine Verquickung unglücklicher Zufälle (wobei einer gewissen Rasierwassermarke und einem offenem Schnürsenkel besondere Bedeutung zukam) das alte Britannien zerfiel.

Wie gesagt, die Welt hat sich verändert. Es gab eine Zeit, in der ein Reisender, wenn er kreditwürdig genug war und auch nur einige der Geheimnisse kannte, die von jedem Dorfjungen zu erfahren waren, mit einem Boot hinausfahren konnte und nicht im Glatzoncrazy der Mönche ankam, sondern auf der Heiligen Insel Schwavalon. Damals trieben es die Pforten zwischen den Welten in den Nebeln und waren in beide Richtungen offen -wie das Wahlprogramm einer liberalen Partei. Es gibt ein großes Geheimnis, das in unserer Zeit jeder Wissende kannte: Die Menschen schaffen die Welt, die uns umgibt, jeden Tag neu, durch das, was sie denken, weil es ihnen eingeredet wird.

Dieses Geheimnis in klingende Münze umzusetzen, verstanden die Priester Christi leider besser als wir, die Priesterinnen der Großen Göttin. Ihre Intrigen, Meuchelmorde, Hetzkampagnen, Inquisition, Kreuzzüge, Pogrome, kurz: Ihr Management und PR waren eine Spur härter am Zahn der Zeit, so dass wir, die wir momentan mehr auf liberal gemacht hatten, langsam vom Markt verdrängt wurden. Gegen Ende von Barfus' Herrschaft wäre es sogar gefährlich gewesen, sich zur Großen Göttin (die wir auch liebevoll "Eutergöttin" nannten) zu bekennen. Klugerweise beugte ich das Haupt, wie meine Große Meisterin Triviane, die Herrin vom See, es niemals getan hätte. Einst war sie -abgesehen von mir- König Barfus' beste Freundin, wurde dann seine größte Feindin - auch das abgesehen von mir- und ist uns heute als -ebenfalls von mir abgesehen- verrückteste Gans der Epoche bekannt.

Aber der Kampf ist vorbei. Als Barfus im Sterben lag, konnte ich ihm nicht mehr als meinem Feind und dem Gegner meiner Göttin gegenübertreten, sondern nur noch als dem Schwachkopf, der mir durch den Verkauf seiner Story ein hübsches Sümmchen einbringen würde. Und so hielt ich schließlich Barfus' Kopf in meinem Schoß und versuchte ihm noch ein paar möglichst ulkige letzte Worte zu entlocken. Er enttäuschte mich nicht...

Die Wahrheit hat viele Gesichter, von denen uns die meisten die Zunge herausstrecken; die Wahrheit ist wie der alte Weg nach Schwavalon: Es hängt von deiner Gerissenheit, deinen Skrupeln und vor allem von deiner Zahlungsfähigkeit ab, wohin dein Weg dich führt. In diesem Sinne ist auch gegen Jesus Christus nichts einzuwenden. "Denn alle Götter sind ein Kompott", wie Triviane oft zu mir gesagt hatte, und wie ich es viele Male meinen Priesterschülerinnen einschärfte, "...nur das Produktmarketing entscheidet." Dabei hatten wir die Marktlücke der Naturreligionen strategisch besetzt, gemäß unserem Leitspruch:

Ein überirdisches Vergnügen,
In Matsch und Tau am See zu liegen,
Und Erd und Nebel wonniglich umfassen,
Zu einer Gottheit sich aufschwellen lassen!

Leider kam die Muttererde-Nummer schon bald völlig aus der Mode... Und so windet sich die "Wahrheit" vielleicht irgendwo zwischen dem Weg nach Glatzoncrazy, der Insel der Priester, und dem Weg nach Schwavalon, das für immer in den Nebeln verloren ist. In jenen Nebeln verloren, in denen auch die Gläubigen vieler Religionen einschließlich Neoliberalismus, Ufo-Watching und Homöopathie weiterhin tappen. Aber dies ist meine Wahrheit. Und so sehr sie sich auch windet, so gebietet mir jetzt doch die Große Göttin, das Schicksal, wie auch die wachsende Ungeduld meiner Gläubiger, sie endlich der Welt zu offenbaren. 8

Das Schnattern der Gänsepriesterin

Insbesondere mitten im Sommer war auf Schloß Tingeltangel total tote Hose. Migraine, die Gemahlin des Herzogs Gauloise, glotzte hinaus auf das Meer. Selbst die Frühjahrsstürme hatten in diesem Jahr die heruntergekommene Festung links liegen lassen, kein Bauernaufstand hatte den Schlägertrupps Kurzweil und den Hofdamen Gesprächsstoff gebracht; die Stille sickerte in das Gemäuer, bis kaum einer noch ein Auge offen halten konnte. Selbst die Katzen drohten vor Langeweile zu sterben.

Tingeltangel... es gab immer noch Leute, die glaubten, die Burg auf den Klippen am Ende der weit ins Meer hinausragenden Landspitze sei durch die Magie des Alten Volks von Urg entstanden. Herzog Gauloise lachte darüber und sagte, wenn dieser Hang zu phantastischem Firlefanz noch weiter um sich griffe, könnte man direkt eine Fantasy-Story darüber verkaufen. In den vier Jahren seit ihrer Ankunft als Braut des Herzogs hatte Migraine nichts, aber auch gar nichts Interessanteres erlebt als diesen dummen Spruch. Öde schienen die schwarzen Felsarme im trüben Wasser zu dümpeln. Glanzlos stand die Sonne am dunstigen Himmel. Eine gehbehinderte Möwe stocherte träge im Schlick, um einen der hier besonders faden Wattwürmer zu ergattern. *13*

Zuweilen schienen ihr immerhin die grauen Strände der trostlosen kleinen Buchten ein mattes Lächeln zu schenken, wie jenes, mit dem Gauloise sie an dem Tag bedacht hatte, an dem sie ihm sagte, sie sei schwanger und erwarte sein erstes Kind. Aber heute war nicht einmal das der Fall. Überhaupt argwöhnte die Herzogin plötzlich, dieser Absatz sei wie geschaffen, um im Leser Langeweile aufkommen zu lassen. Doch sie irrte. Der stickige Nebel trug Geräusche über weite Entfernungen. Während Migraine auf der Landzunge stand und zum Festland blickte, vermeinte sie plötzlich den Hufschlag von Pferden und Maultieren zu hören, obwohl sie nicht wußte, worin eigentlich der Unterschied zwischen beidem bestand. Auch Stimmen waren zu hören, Menschenstimmen sogar. Sollte sich jemand für das verfallene Anwesen interessieren? Hier lebte niemand außer Ziegen und Schafen, Hirtenhunden nebst Hirten, Edelfrauen mit Dienstmägden und ein paar alten Männern, die vor ihnen beschützt werden mußten.

Migraine drehte sich langsam um und ging zur Burg zurück. Wie immer, wenn sie sich dem Schatten des mickrigen Gemäuers näherte, kam sie sich sehr erhaben vor. Die Hirten glaubten, die Burg sei vom Alten Volk erbaut worden, den Bewohnern der versunkenen Länder Gurgelfess und Urg, die deshalb noch heute für ihren miserablen architektonischen Stil verschrieen waren. Die Fischer erzählten, an klaren Tagen könne man weit draußen ihre vermurksten Burgen tief im Wasser sehen. Glücklicher Weise hätte es jedoch seit Jahrhunderten keinen klaren Tag mehr gegeben. Hier am Ende der Welt, wo die Langeweile zur Lektüre dickleibiger, dümmlicher Romane trieb, fiel es nicht schwer, an die versunkenen Länder im Westen zu glauben. Und auch ansonsten glaubte Migraine fast alles, was ihr jemand einreden wollte.

Ja, sie hörte Stimmen im Nebel. Es konnten wohl nicht die barbarischen Versicherungsvertreter sein, die über das Meer oder von den wilden Küsten Irrlands kamen. Aber auch ihr Gemahl konnte es immerhin nicht sein. Der alte Langweiler kämpfte im Norden an der Seite von Ambrunzius Senilianus, dem Großkönig von Britannien gegen die Saxen, falls er nicht die Fronten gewechselt hatte. Er hätte ihr einen Boten geschickt, um sie nicht mit einem Seitensprung zu kompromittieren, der ihr allerdings bisher noch nicht gelungen war. Seine knauserige Haltung anläßlich ihrer ersten Schwangerschaft vor nun bald vier Jahren hatte ihr einfach die Laune verdorben. Und so scheiterten seine Kinder- und sonstigen Wünsche seither an einer hartnäckigen Migräne, welche die Herzogin immer dann befiel, wenn der Gemahl sich dem Nachtlager näherte. Ihre kleine Tochter Worgaime hatte sich inzwischen zu einem unansehnlichen, aber lästigen Balg entwickelt, dessen Spezialität es war, alle Menschen um sich herum zu terrorisieren. Eine Fähigkeit, die Worgaime Zeit ihres Lebens weiterentwickeln sollte.

Gauloise war im Grunde seines Herzens trotz allem ein lieber Kerl geblieben, der ein offenes Ohr für die Sorgen und Nöte seiner Untertanen hatte. Er zögerte auch nicht, waren diese einmal zu schüchtern, sich zu äußern, ihnen die Daumenschraube anzusetzen, um zu erfahren, was sie im Schilde führten. Auf seinen Pfründen brach kein Bauer vor Hunger zusammen -der Verdienstausfall wäre Gauloise zu hoch gewesen. Romantisch schwärmte er von den Zeiten vor dem Abzug der Römer, da der Adler über Europa flatterte und die Preise noch stabil gewesen waren. Das Wohnzimmer nannte er gerne Atrium, wo er oft saß und auf einem bronzenen Brett Backgammon spielte, an dessen Rand er die Worte *"Cogito ergo sum"* hatte eingravieren lassen. Jemand hatte ihm das falsch als *"Die Würfel sind gefallen"* übersetzt. Ansonsten steckte Gauloise jeden mühsam ergeizten Pfennig in ein gewaltiges, rundum verspiegeltes Kellergewölbe, in dem Migraine ihn nachts, wenn er sich unbeobachtet glaubte, mit einem Lorbeerkranz auf der Glatze herum stolzieren sah.

Sie brauchte sich nicht zu fürchten. Die treuen Soldaten und Wachen im Fort auf der Landseite des Dammes, die Herzog Gauloise dort stationiert hatte, um Frau und Kind und vor allem seine Besitztümer zu schützen, hätten feindliche Reiter aufgehalten, sofern niemand ihren mageren Sold überboten hätte. Und wem wäre Tingeltangel so etwas wert gewesen? Nein, wenn überhaupt jemand Interesse an dieser himmelschreienden Einöde hatte, dann ihre karrieregeile Schwester Triviane, die wie immer mit diesem wichtigtuerischen Tattergreis Märklin herum dackeln würde. Die für diese Schlußfolgerungen nötige Intelligenzleistung ermattete Migraine so sehr, dass sie taumelte und für kurze Zeit tatsächlich ihre Schwester vor sich sah. "Das Zweite Gesicht!", stöhnte sie, und betrat schwankend den Raum, in dem ihre jüngere Schwester Morgrause, ein draller Backfisch von dreizehn Jahren, lustig die Spindel drehte. Die Katze, deren Schwanz sie aufgewickelt hatte, jaulte erbärmlich.
"Morgrause ! Wir bekommen Besuch!"
"Sicher, den Märklin und Triviane."
"Was woher weißt du das?"
"Aus deinem Kalender natürlich. Du hast das Datum selbst dreimal rot angestrichen."
"Ach ja, mein Gedächtnis! Oh weh! Wir müssen schnell unsere Vorbereitungen treffen! Bringt den guten Wein in den Keller! Schnell! Du dort, roll den teuren Teppich zusammen!"

Aber es war zu spät. Die Tür krachte auf und herein tappte etwas klapprig, aber noch recht behende Phaliesin, der Märklin von Britannien. Schon weit über das Rentenalter hinaus, trug er immer noch den blauen Overall des Barden, ein spitzes schwarzes Karnevalshütchen und die Gitarre lässig über der Schulter. Eine Attrappe, wie Eingeweihte wußten, in der er Spirituosen bei sich führte und auch schon mal den einen oder anderen Wertgegenstand verschwinden ließ. Ein schwarzer Umhang umschlotterte seine hochgewachsene Gestalt, was im Einklang mit seiner schlohweißen wehenden Haarmähne und dem bauchlangen ebenso weißen Rauschebart den Eindruck großer Weisheit erweckte. Diesen zerstreute Phaliesin jedoch meist mit wenigen Worten. Die hinter ihm eingetretene Triviane würdigte seine läppischen Verbeugungen in Richtung aller Anwesenden einschließlich eines Kleiderständers keines Blickes, sondern schritt auf Migraine zu und zischte:
"Wo bleibt die nötige Ehrerbietung Schwester? Bekommen wir keinen Begrüßungstrunk?"

Triviane war eine kleine, ältliche und recht durchsetzungsfähige Frau, die nicht nur behauptete zaubern zu können, sondern die auch tief genug in die uralten Geheimnisse der Kräuterkunde eingeweiht war, um das stärkste Enthaarungsmittel ihrer Zeit zusammenzubrauen. Damit verhinderte sie, dass auf ihrer Oberlippe ein kleines Hitlerbärtchen sproß. Als Herrin vom See und Herrin der Heiligen Insel Schwavalon hatte Triviane es schon ganz schön weit gebracht. Auch Migraine an den Miesling Gauloise zu verschachern war kein schlechtes Geschäft gewesen, weshalb diese ihr auch kaum etwas nachtragen konnte. Hatte sie so doch immerhin die machtlüsterne Schwester vier Jahre lang nicht sehen müssen.

Eine Dienerin brachte endlich den Willkommenstrunk: billigen Fusel, erhitzt und gewürzt, um etwas herzumachen. Triviane nahm den Pokal in beide Hände, und Migraine sah sie verwundert an. Die Geste, mit der die Schwester den Pokal ergriff, machte sie plötzlich groß und eindrucksvoll -als hätte sie den geweihten Kelch der Heiligen Insignien in den Händen. In Wahrheit hatte sie nur den alten Zaubertrick angewandt, der die Priesterinnen der Großen Göttin ehrfurchtgebietend scheinen ließ: Sie war auf einen Schemel gestiegen. Einen Schluck nehmend murmelte sie einen Segen, der aber bei diesem Gesöff auch nicht mehr viel retten konnte, und übergab das Gefäß an den Märklin. Der nahm es mit einer ernsten Verbeugung entgegen, setzte den Pokal an die Lippen, leerte ihn und ließ ihn mit wichtiger Miene in seinem Umhang verschwinden. Migraine wußte wenig über die Mysterien, doch sie spürte, dass auch sie Teil dieses schönen Rituals wurde. Aber schon war der erhabene Augenblick vorüber und Triviane wirkte wieder klein und heimtückisch wie zuvor. Migraine lotste die beiden eilig an eine Feuerstelle, doch dem Märklin war bereits ein Faß edlen Weines ins Auge gefallen und er füllte genüßlich den schnell gezückten Pokal.
"Was verschafft uns die Ehre deines ungebetenen Besuches, meine Herrin und Schwester?"

Migraine hatte auf dem einzigen Hocker Platz genommen und sah aus dem Fenster, wobei sie lautstark mit den Fingern auf das Holz trommelte. Triviane ließ sich nicht aus der Ruhe bringen, sah kurz in die Runde, um dann leise mit den Fingern zu schnippen. Sämtliche Dienstboten des Hauses rannten darauf hektisch durcheinander, schleppten Sessel, Polsterkissen, Wärmflaschen und Drinks herbei. Sie entzündete ihre dicke Zigarre an einem der zwanzig aufflammenden Feuerzeuge, legte gemütlich die Beine hoch und paffte in Richtung Migraine.
"Vielen Dank erstmal für das herzliche Willkommen, liebe Migraine. Wie

hat sich denn Morgrause entwickelt, seit ich sie dir vor einem Jahr in den Pelz gesetzt habe? Komm her und gib mir einen Kuß kleine Schwester! Ah, ich sehe, du wirst schön und klug werden wie Migraine."

Sie streckte dem Mädchen die Arme entgegen, das sich bei dieser Beleidigung widerwillig aus dem Schatten löste, wo es gerade recht erfolgreich einen Stallburschen angemacht hatte. Morgrause setzte sich auf den Boden und legte den Kopf an Trivianes Beine. Migraine sah, wie sich die rotzfrechen Augen mit einer gewissen Achtung füllten. Selbst die kleine Worgaime krabbelte geschwind herbei, ihr Kinderstilett zwischen den Milchzähnen, und sprang auf Trivianes Schoß. Diese hatte augenscheinlich nicht viel Erfahrung mit Kindern, hielt sie die Kleine doch mit dem Kopf nach unten.

"Sie hat uns alle in der Hand.", dachte Migraine, "Wie kann sie nur solche Macht über uns haben? Liegt es daran, dass Morgrause nie eine andere Mutter kannte? Triviane war schon eine ausgewachsene Führernatur, als Morgrause geboren wurde. Für uns war sie immer Mutter und Schwester. Oder liegt es daran, dass sie ganze Armeen von Spionen und Meuchelmördern bezahlt und jedem Menschen mit Hilfe von Wachspüppchen und Nadeln grauenhafte Schmerzen zufügen kann?"

"Gern wäre ich bei Worgaimes Geburt zu dir gekommen", sagte Triviane, "aber ich bekam selbst ein Kind. Ich schenkte in diesem Jahr einem Sohn das Leben. Natürlich habe ich ihn weggegeben, und ich glaube, seine Pflegemutter wird ihn zu den Mönchen schicken. Sie ist Christin. Seither bist du ja nicht mehr schwanger geworden, hehe."
"Und du hast nichts dagegen, dass er als Christ aufwächst?", fragte Morgrause. "Ist er hübsch? Wie heißt er?"
Triviane lachte aus voller Kehle.
"Ich nannte ihn Ballon.", erwiderte sie, "und es kann immer einmal nützlich sein, einen Spitzel beim Gegner sitzen zu haben. Der Atem des Christengottes wird mächtiger, die Nebel des Schicksals wallen dichter und realpolitisch gesehen müssen wir alle Opfer bringen."

"Und deshalb sind wir gekommen", sagte der Märklin plötzlich, und seine Stimme tönte wie eine große Glocke, die in einen Haufen leerer Konservendosen fällt. Worgaime fuhr erschrocken auf und begann zu weinen. Fensterläden schlugen auf, unter der eiskalten Bö erloschen die Kerzen. Ein Rudel schwarzer Katzen umkreiste Migraine und von ihrer linken Schulter kroch eine fette schwarze Spinne.
"Ich verstehe das nicht", meinte sie, und ihr war plötzlich unbehaglich.
"Was hat das alles mit mir zu tun... das ist eine Sache zwischen

Glatzoncrazy und Schwavalon."

"Die zwei sind eins, nicht zweierlei, und eins, zwei, drei auch einerlei", sprach der Märklin geheimnisvoll und richtete sich auf, "aber die Anhänger Christi haben sich nicht dafür entschieden zu sagen, dass sie keine anderen Götter neben ihrem Gott haben, sondern dass es außer ihrem Gott keinen anderen Gott gibt. Sie verkünden, er allein habe die Erde erschaffen und er allein herrsche über sie. Sie behaupten auch die Sterne, die Menschen, die Tiere, die Pflanzen und die Hotdogs seien allein sein Werk. Dieser Gott sei unbeschreiblich gut und gerecht, habe aber einen Satan los geschickt, um Böses zu treiben. Irgendwie inkonsequent, wenn ihr mich fragt."

"Kurz und gut", ergänzte Triviane, "die Christen wollen für sich das Monopol im Religionsgeschäft. Bislang scheint ihre Verdummungs-Kampagne vor allem im eigenen Management anzuschlagen. Sie glauben im Ernst, sie könnten sich 'Religion der Liebe' nennen und den Gläubigen gleichzeitig den Spaß am Sex verderben. Aber...", sprach Triviane in das immer lautere Gelächter hinein, "wir sollten diese Anfänger nicht unterschätzen, auch wenn ihre neueste PR-Strategie wirklich urkomisch ist. Mit einer haarsträubenden Geschichte von einem Apfel und einer Schlange wollen sie die Göttin verunglimpfen.", jetzt lachte selbst Triviane, "Die Frau nimmt von der bösen Schlange den bösen Apfel der bösen Erkenntnis. So kommt durch die Frau das Böse auf die Welt. Der liebe Gott muß ein Mann sein, so behaupten sie, denn das Wesen der Frau, sei das Wesen alles Bösen."

Alles grölte vor Lachen, nur Phaliesin blickte auf einmal glasig vor sich hin, als würde ihm gleich etwas Wichtiges dämmern.

"Die Lage ist also die", fuhr Triviane fort und riß den Märklin aus seinen Gedanken, "dass die Christen die Konzessionen für Zweigstellen auf Glatzoncrazy und anderswo ausnutzen wollen, um uns auszubooten."

"Daran bin ich doch nicht Schuld, oder?", fragte Migraine.

"Damit kommen wir zum Grund unseres Besuches", antwortete ihr der Märklin, "denn wie die Druiden wissen, formt der Glaube der Menschen ihre Welt und ihre Wirklichkeit. Dafür gibt es ein paar sehr schlüssige sozialisationspsychologische Theorien..."

Morgrause sah ehrfürchtig und mit weit geöffneten Augen zu dem alten Mann auf, der ihr gerade mit einer geschickten Bewegung seine eben entwendete Brieftasche wieder abgenommen hatte. "Die Christen versuchen alles Wissen mit Ausnahme ihres eigenen auszulöschen. Und in diesem Bemühen verbannen sie aus der Welt alle Formen des Mysteriums, die nicht mit ihren Glaubensvorstellungen übereinstimmen. Sie haben verkündet, es sei Ketzerei zu sagen, der Mensch lebe mehr als ein Leben... und dabei weiß jeder Bauer, den wir indoktriniert haben, dass es so ist." Migraine wurde immer ungeduldiger.

"Eine Religion, die ein Folterinstrument wie das Kreuz zum Wahrzeichen wählt, sollte eigentlich abschreckend genug sein. Trotzdem laufen die Menschen ihnen neuerdings nach. Wahrscheinlich haben wir das Ausländerthema ein bißchen zu sehr ausgereizt. Unsere Saxen-Raus-Kampagne mit der Unterschriftenaktion gegen die doppelte Leibeigenschaft hat zu viel Aggressionen aufgepeitscht, so dass die Christen jetzt über die radikale Paranoia-Schiene Bekehrungspotential gewinnen. Dann kam die Sache mit unseren Schwarzgeldkassen ans Licht – hätten wir nicht die Gegenpropaganda mit der Engelsflug-Affäre starten können, hätte kein Hund mehr ein Stück Brot von uns genommen... aber die letzten Umfragen sahen trotzdem ziemlich trübe für uns aus. Hier geht es um klingende Münze. Wenn sich der Trend fortsetzt, laufen wir in ein paar Jahren alle mit dem Kreuz durch die Gegend... unsere Weisheit steht gegen ihre Weisheit, unser Wissen und ihr Wissen..."

"Wieviel weißt du über die Betriebswirtschaftslehre Migraine?", fragte Triviane.

"Leider sehr wenig", erwiderte die junge Frau die vor ihrer Schwester stand wie eine Gänsemagd vor einer Hohepriesterin. Oder besser gesagt, wie eine Gans vor einer Gänsemagd, "Ich habe mich nie darum bemüht."

"Wie schade", bemerkte der Märklin. "Aber ich will es einfach für dich machen. Sieh her."

Mit diesen Worten nahm er einen goldenen Ring vom Ohr und zog einen Dolch aus dem Ärmel. "Kann ich das Gold und die Bronze gleichzeitig von dem selben Geld kaufen?"

Migraine sah ihn ratlos an. Sie verstand nicht.

"Nein, natürlich nicht. Entweder das eine oder das andere. Es sei denn, ihr kauft eins auf Kredit."

"Und so ist es auch mit der Heiligen Insel", behauptete Phaliesin, "Vor vierhundert Jahren verkauften wir den Christen die Konzession über ein paar hundert Gläubige, und hauten sie mit dem Vertrag übers Ohr. Sie kamen damals als Bittsteller und waren schwach. Sie haben den Vertrag nicht gebrochen... so können wir sie nicht packen. Aber ihre heimtückische Propaganda scheint jetzt immer mehr Anhänger zu finden. Die Menschen zahlen in ihre schmierige Kollekte, anstatt unseren Heiligen Lehren Opfer darzubringen. Der Heilige Krieg gegen die Saxen, den wir angezettelt hatten um von einigen kleinen Problemen abzulenken, wendet sich nun gegen uns, und die Christen nutzen dies schamlos aus."

"Aber was ist mit Rom?", fragte Migraine, "Können wir nicht die Legionen gegen die Saxen Zuhilfe rufen?"

"Oh, Göttin!", stöhnte Triviane, "Hat der Simpel Gauloise tatsächlich jemanden gefunden, der seinen Unfug glaubt!"
"Rom ist bankrott", grinste Phaliesin, "und zwar schon lange. Wie man hört, ist der römische Adler an einem kleinen, offenbar wohlbekannten, gallischen Dorf gescheitert, dessen unbeugsame Bewohner nicht aufhörten, dem Eindringling Widerstand zu leisten. Nein, liebe Migraine, wir müssen uns selbst helfen. Wir brauchen einen Führer, der die Massen mobilisiert, auch die inzwischen schon christlichen, sowie die immer noch römischen. Gegen unseren Feind, die Sachsen, wird er die Menschen ins Feld führen. Danach verbietet er den Christen die Propaganda, bis sie liquidiert sind. Wir können uns das mit unserem liberalen Image leider nicht erlauben. Alle Götter sind ein Kompott usw., du verstehst? Trotzdem muß der große Führer natürlich ein gutmütiger Schwachkopf sein, damit er nicht merkt, für wen er arbeitet, und wir ihn schließlich wieder zerquetschen können wie eine Laus."

Dabei sah er Migraine starr in die Augen und sein Blick donnerte durch ihren Geist wie eine Spielzeugeisenbahn durch einen Ameisenhaufen. Und sie begriff, warum der Bote und Prophet der Druiden der Märklin genannt wurde. Aber mehr einstweilen noch nicht.
"Und woher wollt ihr diesen kleinen Diktator nehmen, dieses bedauernswerte, ausgenutzte Würstchen, das seine Mutter verfluchen wird, überhaupt geboren zu sein?", fragte Migraine nach einer langen Pause, in der alle Blicke verdächtig wohlwollend auf ihr ruhten.
"Aus deinem Schoß, liebe Schwester.", kicherte Triviane, "Du, Migraine, sollst die Mutter dieses großen Königs sein."

Gelächter brandete durch den Festsaal von Schloß Tingeltangel.
"Was sagst du da, Schwester? Du glaubst doch nicht im Ernst, dass Gauloise der Vater eines großen Königs sein wird."
Die Worte höhnten und hallten in ihrem Kopf. Und sie wunderte sich, dass ihr nie in den Sinn gekommen war, das Schicksal könnte etwas so Großes mit dem Miesling Gauloise vorhaben.
"Hör zu, Migraine ! Gauloise macht einen auf Römer, und die Stämme werden keinem Manne folgen, der sich dermaßen lächerlich aufführt. Der Großkönig, dem sie gehorchen werden, muß ein Kind der heiligen Insel sein. Dein Kind. Aber die Stämme allein werden die Saxen nicht vertreiben. Wir müssen an die römisch-katholischen, keltischen und kymrischen Bevölkerungsgruppen denken. Sie folgen nur ihrem Feldherrn, dem Pentagon. Dem Alten Volk müssen wir ebenfalls Sand in die Augen streuen... Dein Sohn, Migraine, muß schon von seiner Herkunft her absolut vertrauenswürdig sein. Ein mit allen Wassern gewaschenes politisches Chamäleon. Sein Vater wird Otter Pentagon sein. Gauloise

wird liquidiert. Ich werde das übernehmen, um in Übung zu bleiben."

Migraine starrte die Schwester an; sie verstand, dass ihr Gemahl von ihrer intriganten Schwester gemeuchelt werden sollte und langsam verdrängte der Zorn ihre Betäubung.
"Nein!", schleuderte sie beiden entgegen, "ich habe einen Gemahl und habe ihm ein Kind geboren! Ich habe geheiratet, wie du es mir befohlen hast, und ich habe es vier Jahre mit diesem Miesling ausgehalten. Und nun willst du mir auch noch den Spaß verderben, ihn selber ins Jenseits zu befördern!?"
Sie funkelte Triviane mit dem nicht länger unterdrückten Groll der letzten vier Jahre an, in denen sie tapfer und allein ihre Pflicht erfüllt hatte, ohne mehr zu klagen, als jeder Frau zustand. Also ununterbrochen.
"Hör mir zu, Migraine", begann der Märklin, "ich bin dein Vater, obwohl mir das nicht zur Ehre gereicht. Das königliche Blut lebt durch das Blut der Herrin. Und du bist vom ältesten königlichen Blut, das auf der heiligen Insel von Tochter zu Tochter weitergegeben wird. Es steht in den Sternen, mein Kind, dass nur ein König, der aus zwei uralten edlen königlichen Geschlechtern hervor geht, genügend inzestbedingten Schwachsinn aufweisen wird, um sich nach der Aktion von uns kaltstellen zu lassen. Der Meuchelmord an Gauloise ist also extrem wichtig. Dilettantismus können wir uns hier nicht leisten."

Migraine senkte den Kopf und verschloß sich der Peinlichkeit in der Stimme des alten Mannes. Ohne dass man es ihr gesagt hätte, wußte sie schon immer, Phaliesin, der Märklin von Britannien, hatte ihrer Mutter den holden Lebensfunken gebracht, aus dem sie entstanden war. Wie sonst wäre zu erklären, dass sie beide, übrigens auch Worgaime, diese ungewöhnliche dreihöckrige Entenschnabelnase im Gesicht trugen? "Die Schnäbel von Avalon", so nannte das Volk dieses uralte Zeichen für Blut und Boden der Heiligen Dynastie Schwavalons –wenn keine der hochedlen Hofschranzen in Hörweite war. Aber eine Tochter der Heiligen Insel sprach nicht über solche Dinge. Und auch Phaliesin hatte es bisher vorgezogen zu schweigen.
"Es ist eine Frage der Ehre!", Migraine blickte Triviane fest in die verschlagenen kleinen Augen, "Ich bin es ihm schuldig. Wenn jemand Gauloise Gift in die Spaghetti mischt, dann werde ich es sein und niemand anders, das schwöre ich bei Habgier und..."
"Halt den Schnabel!", Trivianes Stimme hallte gebieterisch durch den Raum. "Ich befehle dir von diesem Schwur abzulassen, damit du dich nicht ohne Gewinn mit einem Meineid belastest."
"Und weshalb, glaubst du, würde mich ein Meineid belasten?", fragte Migraine zornig, "Ich habe gelernt ein Ehrenwort zu heucheln! Auch ich

bin ein Kind der Heiligen Insel, Triviane! Du magst meine ältere Schwester sein, meine Priesterin und die Herrin von Schwavalon, aber du wirst mich nicht behandeln, als sei ich ein plapperndes Kind auf deinen Knien."

"Verdammtes Weibergeschnatter!", platzte dem Märklin nun der Kragen, er knallte seinen Pokal auf den Tisch, und riß sich sein spitzes Zaubererhütchen vom Kopf, "Es geht hier um die Magische Macht der Druiden!"

Unter gewaltigem Donnern und Blitzen zog er ein struppiges, halbverhungertes Kaninchen hervor, das ihm vom Schoß hoppelte und sich geräuschvoll auf dem Teppich erbrach. Als dies niemanden beeindruckte und das Keifen unvermindert weiterging, besann er sich auf seine Psychodramaausbildung.

"Friede, Migraine", sprach der Märklin begütigend, "du bist so frei wie jedes Kind der Götter. Wir sind gekommen, um dich zu bitten, nicht um dir zu befehlen. Nein, Triviane...", er hob die Hand, als die Priesterin ihn unterbrechen wollte, "Migraine ist kein hilfloses Spielzeug des Schicksals. Aber ich glaube, wenn sie alles weiß, wird sie sich richtig entscheiden."

Migraine war immer noch wütend, obwohl sie natürlich drauf und dran war, auf Phaliesins plumpen psychologischen Trick hereinzufallen. Es besänftigte sie etwas, als die kleine Worgaime ihre Zähnchen herzhaft in Trivianes Finger vergrub, die das Kind mit schmerzverzerrtem Gesicht von sich schleuderte.

"Warum eigentlich", fragte Migraine in einem plötzlichen Anflug von mittelmäßigem Denkvermögen, "nimmst du nicht selbst Otter Pentagon zum Mann und gebärst den kleinen Diktator?"

Zu ihrer Überraschung zögerte Triviane lange, ehe sie antwortete: "Glaubst du ich hätte nicht daran gedacht? Machtbewußt wie ich bin? Aber du hast vergessen, wie alt ich bin, Migraine. Ich bin älter als Otter, und für einen Krieger ist er nicht mehr jung. Ich bin jetzt über das Alter hinaus, in dem eine Frau Zeit zum Kinderkriegen hat. Außerdem soll der Held im Bett eine Niete sein."

"Alles was du zu tun hast, ist zunächst mit Gauloise der morgen zurückkehrt, nach Londinium weiterzureisen.", sprach nun eindringlich der Märklin, und sein Schatten wuchs hinter ihm an der Wand auf, wie der Hals eines Ganters, "Dort versammeln sich die Geier um das Sterbebett des alten Ambrunzius Senilianus. Otter Pentagon ist beim Zerren um Ambrunzius' Knochen bereits Favorit. Sobald Senilianus stirbt, wofür schon gesorgt ist, werden die anderen sich zähneknirschend auf Otter einigen müssen. Du wirst genug Gelegenheit finden, ihn zu verführen -zufällig kennen wir auch ein paar intime Details bezüglich seiner Neigungen. Triviane kümmert sich dann um Gauloise."

17

Der Weg nach Londinium war wie eine Reise von einem Ende der Welt zum anderen, nur kürzer und schlammiger. Migraine war aus verständlichen Gründen trotzdem guter Dinge, ritt an Gauloise' Seite, lachte und neckte ihn. Der Ahnungslose war über ihre gute Laune recht zufrieden, zumal sie ihn, wie er glaubte, nichts gekostet hatte. Sie gab sich auch Mühe, sich schon mal ein wenig in der Kunst des Flirtens zu üben, sagte ihm zum Beispiel mit zweideutig zwinkernd: "Ich freue mich schon darauf, bald wieder in einem richtigen Bett zu liegen!" – und beobachtete erwartungsvoll die in seinem Gesicht aufflammende Geilheit. Nachts im Zelt hatte sie jedoch weiterhin ihre Migräne.

Endlich erreichten sie Londinium. Gauloise suchte ein Apartment am Fickadilly Circus für sie aus. Spät abends kam er aber müde und gestresst von den Konferenzen zurück.

"Ambrunzius Senilianus liegt im Sterben. Der alte Adler wird bald nicht mehr die Schwingen erheben, doch sein Nest ist leer. Es ist wie damals, als die Legionen abzogen und die Sandalenindustrie Bankrott ging. Er war ein guter König für alle, die -wie ich- immer noch hoffen, dass Rom eines Tages zurückkehrt."

"Wer wird sein Nachfolger werden?"

"Es gibt viele, die gerne den Mantel des Ambrunzius tragen und uns in den Krieg führen würden. Etwa Mork von Orkni, ein blutrünstiger, aber unberechenbarer Mann, ein starker Führer und ein guter Stratege im Kampf. Allerdings ist er noch unverheiratet und ohne Nachkommen, und wird es, seinem Geruch nach zu urteilen, auch bleiben. Dann ist da Uriniens von Nordquales: Er hat bereits Söhne und keine Sorgen um seine Nachkommenschaft, außer der, dass keiner von ihnen auch nur in der Lage wäre eine Schafherde anzuführen. Aber Ambrunzius hat seinen Nachfolger bereits bestimmt: Otter Pentagon. Ein guter Feldherr, der die Fähigkeit besitzt, aus einer Schlacht mit tausend Toten als einziger zurückzukehren, indem er seine Männer bis zum Äußersten anstachelt und sich sodann unauffällig in die hinterste Linie begibt."

"Habt ihr nie daran gedacht... Ihr seid Herzog von Cornquell, und Ambrunzius schätzt Euch... dass ihr selbst zum Großkönig gewählt werden könntet?"

"Glaubt mir, Migraine, ich suche keine Krone. So ehrgeizig bin ich nicht, dass ich mir dafür die Kehle durchschneiden ließe. Habt Ihr den Wunsch Königin zu werden?"

"Ich würde mich nicht weigern", antwortete sie schnippisch, und überlegte sich insgeheim schon mal, welche Kleider sie als Großkönigin tragen wollte.

Am nächsten Morgen besuchten sie die Messe, vermutlich die letzte, die Senilianus mit seiner Anwesenheit beehren konnte. Alle seine Unterführer waren anwesend und auch Otter bemühte sich sehr, damit der Alte nicht sein Testament in letzter Sekunde noch ändern würde. Jahrzehnte durchtriebener Devotion wären dann umsonst gewesen. Zumal mit abnehmender Geruchskraft des Ambrunzius' die Chancen Mork von Orknis immer weiter stiegen. Auch Migraine ließ sich die Gelegenheit nicht entgehen. Als Gauloise sie an Otter vorbei zum Altar führte, machte sie sich unauffällig an ihren schwarzen Strapsen zu schaffen. Darauf war Otter total scharf, wie die intimen Detailkenntnisse ihrer Schwester besagten. Tatsächlich traten seine Augen um zwei Zentimeter aus ihren Höhlen und sein Ächzen ließ die gesamte Gemeinde aufblicken. Migraine nutzte die gewonnene Aufmerksamkeit, um sich so tief zu ihm vorzubeugen, dass ihr Dekolletee ihm einen Einblick bis zum Bauchnabel verschaffte und flüsterte:
"Feldherr Otter, nehme ich an?"
"Angenommen, äh, angenehm..."

Gauloise zog sie jedoch rasch an dem stotternden Pentagon vorbei. Ambrunzius machte bei seinem Auftritt wirklich keinen sehr gesunden Eindruck, hustete ständig Blut und lallte nur unsinnige Sätze über die Lauterkeit der Spenden, mit denen er angeblich nie bestochen worden war, obwohl er die Spender nicht nennen könne sowie seine historischen Verdienste um die Einheit des Reiches. Migraine verbrachte den Gottesdienst damit, Otter mit ihrem Strumpfband zuzuwinken, und ihm kleine Zettelchen mit zweideutigen Einladungen zuzuwerfen. Auf dem Heimweg sprach sie kein Wort. Nachdem sie ein paar Stunden in ihrem schmutzigen Hotelzimmer vor sich hin gebrütet hatten, begann gegen Abend eine Glocke zu läuten. Gauloise erkundigte sich und kam mit zwei halben Brathähnchen zurück.
"Ambrunzius ist soeben gestorben. Der letzte echte Römer ist gegangen. Komm, Migraine, laßt uns diesen tragischen Tag mit einer Orgie im guten alten römischen Stil beschließen."

Im Anschluß an diese sparsame Festlichkeit, begaben sie sich in die Messe. Nach dem Requiem versammelten sich alle vor der Kirche. Otter Pentagon simulierte einen hysterischen Weinkrampf, den man aus fünfzig Metern Entfernung durchaus für echt hätte halten können und zwei seiner Männer trugen ihn auf einer Bahre davon. Auch Gauloise wirkte tief erschüttert, als er drei Gänseblümchen auf dem Sarg des geliebten Königs niederlegte. Diesen Moment hatte Migraine lange erwartet. Unbeobachtet schlich sie dem Pentagon nach und murmelte bei sich den alten Liebeszauber der Apfelinsel Schwavalon:

Unter lustigen Gewinden,
In geschmückter Lauben Bucht,
Alles ist zugleich zu finden:
Knospe, Blätter, Blume, Frucht.

Komm, von allerreifsten Früchten
Mit Geschmack und Lust zu speisen.
Über Rosen kannst du dichten,
In die Äpfel mußt du beißen!

Zwei Ecken weiter fand sie Otter an einen alten Tempel gelehnt in ein Buch vertieft. Als sie zu ihm trat und die rasch entblößte Brust in sein Gesicht drängte, fiel es ihm aus der Hand. Sie registrierte befriedigt, dass es sich um eine Cäsar-Biografie handelte. Sie absolvierten hinter einer Säule zwei Quickies, bei denen Migraine feststellte, dass er seinem Ruf als Niete alle Ehre machte, aber für ihre Ansprüche durchaus genügte. Nachdem sie ihre Kleider wieder halbwegs in Ordnung gebracht hatten, saßen sie verschwitzt und keuchend da, und Otter ächzte:
"Ich schwöre, Migraine, ich strebe nicht aus Ehrgeiz nach der Krone, sondern um der hehren Ideale willen und um zu beenden, was unser geliebter König einst begonnen hat!"
"Ich glaube dir, Otti", log sie lächelnd, denn für Heuchler hatte sie etwas übrig, "hier, nimm deine Cäsar-Biografie und studiere sie gut."
In diesem Moment knackte ein Ast. Die beiden fuhren erschrocken auf und blickten verdutzt in das verdutzte Gesicht von Gauloise.
"Aha, so ist das also", brüllte dieser theatralisch, warf seinen Umhang zurück und zückte mit der eleganten Bewegung des Kriegers seinen bronzenen Becher. "Dann laß es uns auswürfeln, Otter, wer sie heute nacht bekommt." 92
Otter warf nur eine Vier und Gauloise knallte mit einem "Cogito ergo sum !" eine Zwölf auf das Holz. Später, als die Gemahlin mit ihrer Migräne neben ihm im Bett herum jammerte, fragte er:
"Und wie war Otter Pentagon so, vorhin im Park?"
"Was denkt Ihr von mir?", kreischte Migraine zornig, "Glaubt ihr ich schleiche mich davon, um mich mit einem fremden Mann wie ein wildes Tier im Gebüsch zu paaren?"
"Entschuldigt, Gemahlin, gewiß würde ich niemals den Tieren des Waldes so wenig Sinn für Erotik unterstellen."

Ambrunzius wurde bei Sonnenaufgang zu Grabe gebettet. Der Trauerzug mit dem Sarg brauchte mehrere Stunden von der Kirche zur Grabstätte, obgleich es nur hundert Meter waren. Denn die Sargträger, natürlich die getreuen Unterführer des Senilianus, konnten ihre lautstarke Diskussion über die Nachfolge keine Sekunde unterbrechen. Bald schmollte einer, bald wurden sie handgreiflich. Endlich war der Leichnam verscharrt. Gauloise kam kurz zu Migraine.

"Ich muß an einer ernsten Ratssitzung teilnehmen", erklärte er, "Mork und Otter liegen sich schlimm in den Haaren. Kann durchaus sein, dass heute noch Blut fließt."

"Das trifft sich gut, ich wollte sowieso noch auf den Markt gehen, ein paar Dinge einkaufen."

Sie dachte an zwei neue Eheringe und einen Grabstein.

Die Diskussionen um Ambrunzius' Thron wurden noch eine ganze Weile in großer Offenheit weitergeführt, bis Mork von Orkni aus gesundheitlichen Gründen abreisen mußte. Seine Pressestelle ließ sogar durchsickern, er sei mit Stil und Verlauf der Gespräche nicht ganz zufrieden gewesen. Einer großen Koalition der restlichen Verhandlungspartner stand nichts mehr im Wege und man einigte sich auf Otter Pentagon als Großkönig. Gut unterrichtete Kreise ließen verlauten, ein umstrittener Vertragspunkt sei die Scheidung von Migraine und Gauloise gewesen, da der neue Pentagon die Herzogin zur Gemahlin begehre.

Das Aushandeln der Gegenleistungen führte jedoch zu einer Verstimmung des Herzogs von Cornquell, der die Mehrwertsteuer gern ein halbes Prozent gesenkt hätte, so dass auch dieser schließlich mit seinen Truppen abreiste. Manche vertraten allerdings die Ansicht, dies hinge mehr mit dem heranrückenden Saxenheer zusammen, das eine kostspielige Verteidigung der Hauptstadt notwendig machte. Jedenfalls fand sich Migraine bald auf Tingeltangel wieder, wo Morgrause und die kleine Worgaime ihr Unwesen schlimmer trieben als je zuvor.

Cornquell schien mehr denn je am falschen Ende der Welt zu liegen. Die Monate gingen ereignislos wie immer ins Land. Nur Gauloise bemühte sich von Zeit zu Zeit, eine Gelegenheit zu finden, sich einen Thronfolger zu sichern, wobei er zuweilen den Tag verwünschte, da er zweihundert Enten falsch investiert hatte. Aber Migräne ist bekanntlich eine hartnäckige Sache.  Die kleine Morgrause schien solche Probleme kaum zu kennen, war bei der inzwischen Fünfzehnjährigen doch schon die vierte Abtreibung nötig. Migraine verfolgte die wenigen Nachrichten, die nach Tingeltangel drangen, mit geringerem Desinteresse als vor einem Jahr. Insbesondere erkundigte sie sich nach den Taten des Otter Pentagon, ob er etwa an einer anderen Frau gefallen gefunden hatte. Sie war aber ziemlich sicher, dass eine andere trotz seines renommierten Postens keinen Wert auf ihn legen würde. Vielleicht hatte ja auch Triviane mit einem Liebestrank, oder was ihr ähnlicher sähe, mit ein paar Nadeln an den richtigen Stellen, für seine Treue gesorgt.

Ein wenig Abwechslung brachte Migraine die Beschimpfung von Pater Columbo. Gauloise hatte den römisch-katholischen Priester engagiert, um angeblich für Worgaimes Seelenheil und ihre christliche Erziehung zu sorgen, in Wahrheit aber, um Migraine nachzuspionieren. Er wurde nämlich den Verdacht nicht los, er würde eines Tages an vergifteten Spaghetti verenden. Migraine fiel es in der Tat immer schwerer, auf Trivianes Attentat zu warten. Sie tastete nun schon jeden Morgen ungeduldig die Kehle ihres Gatten ab. Pater Columbo, der in seiner zerknitterten Soutane immer wieder wie zufällig hinter Türen und aus Wäschekörben auftauchte, bespitzelte sie zwar recht anständig. Doch schließlich verhinderte nur ein plötzlicher Aufbruch Gauloises das unvermeidbare Familiendrama. Dringende Geschäfte riefen ihn an die Grenzen seines Herzogtums, wo er, wie später selbst seine engsten Freunde anerkennend bemerkten, dem professionellsten Meuchelmord zum Opfer fiel, der beim Stand der Technik denkbar war. Wer hätte gedacht, dass der Herzog einmal so enden würde? Inmitten seiner Getreuen, mit einer vergifteten Stricknadel zwischen den Schulterblättern. Gauloises letzte rätselhafte Worte waren:
"Der Bundesminister gefährdet Ihre Gesundheit. Nein danke, mein Flamingo hat schon einen Filter."

Otter Pentagon tauchte wenig später in Tingeltangel auf und hatte mit einer Solderhöhung und drei Runden Freibier die Herzen der Männer schnell gewonnen. Nur Pater Columbo argwöhnte noch, seine gefälschten Spesenabrechnungen würden nun nicht beglichen werden. Mit erloschenem Zigarrenstummel finster dreinblickend lungerte er vor der Tür des Schlafgemaches herum, in dem die frisch gebackene Witwe obszön, aber lautstark den Tod ihres Gatten mit dem neuen Herren der Burg würdigte. Sein Mißtrauen war unbegründet.

Eine Spur weniger naiv als sein Vorgänger, entschied sich Otter, den Pater in seinen Diensten zu behalten, zumal der Pentagon aus politischen Gründen zum christlichen Glauben übergetreten war. Auch Migraine schwor nun dem alten Glauben ab, einerseits um ihren Gatten in Sicherheit zu wiegen, aber auch um ihrer Schwester eins auszuwischen. Sie verkündete, regelmäßig zu beten und zur Beichte zu gehen, wobei Pater Columbos Ohren rot wurden und er sich schmatzend die Lippen leckte.

Ich fürchte, meine erste wirklich amüsante Erinnerung ist die Hochzeit meiner Mutter mit Otter Pentagon. Anders als mein Vater Gauloise, war Otter kein Geizhals, sondern ein hemmungsloser Verschwender. Zeit seines Lebens bis über beide Ohren verschuldet, führte er ständig heilige Kriege, um Beute zu machen und um den einen oder anderen Gläubiger umzulegen. Der Trauung folgte seinerzeit eine Freßorgie sondergleichen, die übrigens die schlimmste Hungersnot auslöste, welche die Bauern von Cornquell je erlebten. Gewaltige Schafherden wanderten geröstet und gekocht in die Bäuche der Gäste, ihnen folgten rottenweise gebratene Wildschweine, Gebirge feinster Leckereien und Tröge von Plumpudding.

Auch mein fein gewürzter Punsch mundete allen Feiernden vorzüglich. Obwohl in den Kräuterkünsten damals noch nicht sehr bewandert, hatte ich ein hochwirksames Brechmittel entwickelt, welches dem Fest ein klägliches Ende bereitete. Meine Eltern brauchten drei Wochen, um eine Putzkolonne zu finden, die bereit war die Burg zu säubern. Irgendwie hat Otter mir diesen kleinen Scherz nie verziehen, zumal es mir an beinahe jedem Hochzeitstag gelang, ihn zu wiederholen.

Morgrause trieb es in jenen Jahren recht ungeniert mit Otter Pentagon - warum hätte sie auch gerade ihn auslassen sollen?- und drohte gerade, ihre Eroberungszüge auf die männliche Bevölkerung überseeischer Territorien auszudehnen, als sie an Mork von Orkni verheiratet wurde. Ein perfider Schachzug Migraines, der auch Otter den Gewinn brachte, seine alte Feindschaft mit dem Herrscher der nördlichen Königreiche gütlich beizulegen.

Alles in allem war ich von Schwachköpfen ohne Sinn für Realpolitik umgeben. Zum schlimmsten Naivling entwickelte sich leider mein kleiner Bruder Gwyrgelin, obwohl er mir durch Migraines dreihöckerige Charakternase mehr als ähnlich sah. Später bestieg er unter dem Namen Barfus den Thron, und man hörte die wildesten Theorien, wie er zu diesem Namen gekommen sei.

Manche behaupteten gar, es aus seiner lebenslangen Ablehnung jedweden Schuhwerks ableiten zu können. Aber das stimmt nicht. Als kleines Kind nannte man ihn Gwyrgelin, den kleinen Würger, wegen der Art und Weise, wie er seine Kuscheltiere um die Ecke brachte. Später trug sein Sohn diesen Namen... aber das ist eine andere Geschichte.

Die schlichte Wahrheit ist einfach: Man schickte Gwyrgelin als Sechsjährigen aufgrund von Intrigen zu Lectorius, einem von Otters Vasallen, in die ehemaligen befestigten Römerlager Petitbonum und

Spisbürgertum. Die religionspsychologische Strategie machte es ratsam, dass mein Bruder als Christ getauft wurde. Und so erhielt er den Namen Barfus.

Der einzige halbwegs ernstzunehmende Mensch, der am Hofe meines Stiefvaters verkehrte, war meine Tante Triviane. Obwohl sie sich aus taktischen Gründen stark zusammennahm, blieb mir ihre Durchsetzungsfähigkeit nicht verborgen.

"Komm her, Worgaime! Erinnerst du dich noch an mich?" sprach sie mich eines Tages an, und wir diskutierten ihre Ideen von Moral und humaner Staatsführung, die Jahrhunderte später von einem gewissen Macchiavelli aufgegriffen werden sollten.

"Du trägst die Nase von Schwavalon", sagte sie schließlich, "vielleicht hast du auch Das Gesicht."

"Was ist Das Gesicht?"

Sie runzelte die Stirn.

"Hat es dir Migraine nicht gesagt? Worgaime, Kleines, siehst du je Dinge, die andere nicht sehen können?"

"Immerzu", antwortete ich, denn mir war klar, dass Triviane mich ganz und gar verstand. "Aber Pater Columbo behauptet, es sei das Werk des Teufels. Mutter sagt, ich solle nicht darüber sprechen, mit niemandem, vor allem nicht mit ihr. Sie sagt, diese Dinge seien an einem Christenhof nicht passend."

"Da hat sie ausnahmsweise einmal recht, Worgaime. Die Diagnose paranoid-halluzinatorische Schizophrenie würde deiner politischen Karriere nicht nützlich sein. Behalte diese Dinge nur schön für dich, dann wird eines Tages alles, was ich bis dahin in meiner Hand haben werde, dir gehören."

"Und was wird das sein?"

"Alles!", zischte sie, während ein irres Flackern in ihren Augen stand.

Da mir dies Angebot höchst vernünftig erschien, schlug ich ein.

An einem Frühlingstag im siebenten Jahr der Herrschaft von Otter Pentagon, der in der Burg Caesarleon Hof hielt -der Geruch von Erbrochenem hing allzu hartnäckig in den Mauern von Tingeltangel-, war es soweit. Triviane, die Priesterin von Schwavalon und Herrin vom See, ging in die Dämmerung hinaus, um in ihren magischen Spiegel zu blicken. Die Überlieferung, in deren Folge die Herrin als Priesterin stand, war noch veralteter als die der Druiden. Daher teilte sie eine der großen Lehren des Druidenglaubens: Die großen Kräfte, die Land, Meer, Himmel und Seegurke erschaffen hatten, konnten in keinem von Menschen erbauten Haus verehrt werden. Die Einsturzgefahr war zu groß. Obwohl die Baukunst seit der Alten Zeit gewisse Fortschritte gemacht hatte, war der Spiegel der Herrin weder aus Bronze noch aus Silber... Es war ein schmutziger kleiner Teich in dem tagsüber die Enten planschten.

Hinter Triviane erhoben sich die grauen Mauern des uralten Gurkentempels, den das Strahlende Volk erbaut hatte, das vor Jahrhunderten aus Atlantis hierher gekrochen war, nach dem sich dort ein Kernschmelzunfall ereignet hatte. In jener Zeit wurde die Seegurke, jenes unscheinbare Tier der Tiefen des Ozeans, angebetet und beneidet wegen seiner göttlichen Fähigkeit, im Falle der Vergiftung sämtliche Eingeweide unbeschadet erbrechen zu können. Das Erbrechen selbst wurde als kontemplative Übung höchsten Ranges gepflegt. Die Übersättigung bis hin zur Übelkeit galt als Zeichen von Wohlstand und Gnade der Götter.

Heute standen nicht weit von hier, so wußte Triviane, Kirche und Kloster der Christen, sorgfältig durch eine mühsam erzeugte Nebelwand abgeschirmt. Vor Jahrhunderten, so verbreitete der Märklin, war eine Delegation von Priestern hierher gekommen. Sie hatten den Chefideologen der Befreiungsfront für Palästina bei sich, einen gewissen Jesus von Nazareth, der hier eine Grundausbildung in druidischer Guerillakriegführung erhielt. Man versprach sich dadurch eine Ablenkung der römischen Expansionspolitik, die auch für das keltische Matriarchat und die Druiden unangenehm wurde. Man schloß einen Vertrag mit den Christen, die sich häuslich niederließen. Friedlich lebten beide Religionen nebeneinander -"Alle Götter sind ein Kompott". Aber dann kam Rom auf die britischen Inseln und die Christen hatten sich bereits mit der Kolonialmacht arrangiert. Römisch-katholische Propaganda feuerte nun aus allen Rohren gegen die Druiden. So behaupteten sie, die Druiden hätten Menschenopfer dargebracht, nur weil sich zufällig in der Nähe der Heiligen Haine merkwürdig viele Haufen von Totenschädeln fanden. In Wahrheit störte sie, dass die Druiden das Ansehen der Pax Romana durch immer größere Neuauflagen von "Asterix, der Gallier" unterhöhlten. Schließlich errichteten die

Widerständischen in einem letzten großen Akt druidischer Magie einen Sperrgürtel aus Sumpflöchern, Minenfeldern und Batterien von Nebelwerfern, um ihr Hauptquartier zu sichern. Glatzoncrazy war isoliert.

Nachdenklich wendete Triviane dem filzigen Schilfufer der zweigeteilten Heiligen Insel den Rücken und ging auf einem Pfad landeinwärts. Es war bereits hell genug, um alles zu sehen. Trotzdem war die Herrin mit einer kleinen Lampe mit winziger flackernder Flamme vorschriftsmäßig beleuchtet. Langsam stieg sie durch das bleiche Ufergras nach oben und kam an den modrigen Pfählen vorbei, auf denen in einer längst vergangenen Zeit Seegurken verehrt worden waren. Triviane folgte dem uralten Prozessionsweg, bis sie den Spiegelteich erreichte. Das trübe Wasser glänzte ölig im Mondlicht. Als sie sich darüber beugte, flammte es im Schein ihrer kleinen Lampe auf. Sie schöpfte etwas Wasser und trank mühsam, mit ekelverzerrtem Gesicht ein paar Schlucke. Danach kniete sie und hob ihr Gesicht zu der, im Gegensatz zu ihr schlanken Mondsichel empor. Nach diesem kurzen Augenblick der Übelkeit, die sie empfand, seit sie als Neuling im Haus der Jungfrauen zum ersten Mal hierher gekommen war, wendete sie sich wieder ihrer Aufgabe zu. Sie stellte die Lampe auf einen flachen Stein am Rande des Spiegelteichs. Vier Elemente waren nun versammelt: Feuer in ihrem Lämpchen; Wasser, das sie hinuntergewürgt hatte; die schmutzige Erde auf der sie stand. Und während sie die Kräfte der Luft beschwor, sah sie, dass eine leichte Brise die Wasseroberfläche kräuselte. Sie setzte sich und versenkte sich einen kurzen Moment lang in ihr Innerstes, länger hätte es dort niemand ertragen. Schließlich formulierte sie in Gedanken die Fragen, die sie dem magischen Spiegel stellen wollte.
"Wie steht es um Britannien? Wie geht es Worgaime, die zur Priesterin geboren wurde? Was ist mit dem kleinen Diktator Gwyrgelin? Wie lauten die Gewinnzahlen in der Keltenlotterie?"

Der Wind kräuselte das Wasser im Spiegelteich, und sie sah zunächst nur flimmernde, wirre Bilder -entstanden sie in ihrem Geist oder auf der unruhigen Wasseroberfläche? Sie sah Schlachtengetümmel, Otters Echsenbanner an der Seite der Stämme kämpfen, es flimmerte so heftig, das ihr die Augen tränten, der Empfang war schlecht zur Zeit. Dann sah sie Gwyrgelin tot am Boden liegen, nein er röchelte ja noch. Sie erschrak -sollten all ihre Pläne mit dem kleinen Diktator so schnell ihr Ende finden? Schließlich stabilisierte sich das Bild und sie sah Britannien unter sich liegen, als flöge sie höher als jeder Adler über dem Land. Eine kalte, emotionslose Geisterstimme schnarrte:
"...erreichen die Ausläufer eines Hochs die britannischen Inseln. Die

Aussichten: Morgen sonnig, nachmittags heiter bis wolkig. Trocken."
Während hinter ihr eine blecherne kleine Fanfare das Ende der magischen
Durchsage verkündete, schritt sie zurück zu den Gebäuden der
Priesterinnen. Dort rief sie ihre Kammerfrau.
"Bereite alles vor. Ich reise bei Tagesanbruch", sagte sie, "meine
Adjudantin soll sich darauf vorbereiten, das Vollmondritual zu leiten. Ich
muß in einer dringenden Geschäftsangelegenheit nach Caesarleon.
Informiere auch den Märklin."

Die Dienerin salutierte und verschwand. Ganz wohl war Triviane nicht
beim Gedanken an Niniweh, ihre Stellvertreterin. Beinahe schien sie noch
zu jung für diese Aufgaben, obschon sie die Laufbahn der Hohepriesterin
mit Auszeichnungen durchlaufen hatte wie keine andere. Doch Niniweh
hatte ein paar entscheidende Schwächen offenbart: Die Liebe zu Musik
und Poesie. Das Geklimpere und Gewinsel der Druidenzöglinge ließ sie
allzu leicht schwach werden. Einmal fand man gar Gedichte, die sie an
einen jungen Barden geschrieben hatte. Nur ihre ansonsten
ungewöhnlichen Talente und die Personalknappheit auf Schwavalon
sicherten ihr den Rang der Adjudantin. Triviane graute bei dem
Gedanken, Niniweh würde einmal an ihre Stelle treten müssen. Ihr Hang
zu den schönen Künsten würde die Zucht und Ordnung schnell
verkommen lassen. Es war höchste Zeit, die kleine Worgaime auf die
Heilige Insel zu bringen -zweifellos würde sie eine würdigere
Nachfolgerin abgeben.

Am nächsten Tag ritten sie im strömenden Regen. Im Land herrschte zur
Zeit Frieden. Der Krieg tobte im Osten. Aber streunende Räuber und
versprengte Saxentrupps waren nicht seltener als sonst. Und so hatte
Triviane ein paar ihrer besten Meuchelmörder dabei. Sie rechnete fast
damit, Otters Hof verlassen vorzufinden, aber schon von weitem sah sie
auf den Zinnen das Echsenbanner wehen: Eine gelbe Blindschleiche auf
rosa-violett-kariertem Grund. Otter war also zuhause. Seit ihrem letzten
Besuch am Hof hatte man die Befestigungsmauern erhöht und ein Schild
aufgestellt: "Bettler, Hausierer und Druiden unerwünscht!". Auf den
Zinnen standen Wachen, die sie anriefen. Triviane hatte ihre Männer
angewiesen, keinen ihrer Titel zu nennen, sondern nur zu sagen, die
Schwester der Königin sei gekommen. Es war nicht der Zeitpunkt, zu
verlangen, dass sie als Herrin von Schwavalon mit allen Ehren begrüßt
wurde. Man führte sie durch die grasbewachsenen Außenanlagen, wo das
übliche schläfrige Treiben einer Festung herrschte. Ein Schmied
hämmerte auf seinen Amboß ein, wo eine ungeöffnete Sardinenbüchse lag.
Fünf Leute sahen zu wie einer Sand mit einem Eßlöffel auf eine Karre

schaufelte. Überall lungerten die Schlägertrupps herum oder würfelten um ihren Sold.

Noch vor wenigen Jahren wäre Migraine herbeigeeilt und hätte einen roten Teppich ausgerollt, um sie im Burghof willkommen zu heißen. Jetzt begrüßte sie ein schmierig gekleideter Küchenjunge, wobei er mit einem Finger seine Nasenhöhle erforschte. Er geleitete sie in eine muffige kleine Abseite.

"Ich bedaure, Herrin", sagte er, "wir sind sehr beengt. Ihr müßt diesen Raum mit zwei Hofdamen der Königin teilen."

"Es wird mir eine Ehre sein", antwortete sie kaum weniger höhnisch. Der Respekt vor der Heiligen Insel schien durch den Machtzuwachs der Christenpriester etwas gelitten zu haben. Höchste Zeit, das Ansehen wieder aufzupolieren, dachte Triviane und tastete nach ihren Wachskerzen und dem Nadelkissen.

"Und jetzt würde es mich freuen," geschickt formten ihre Finger die Gestalt des Dienstboten aus einem Klümpchen Wachs, "wenn ich meine Schwester sehen könnte."

"Die Königin läßt sich vielmals entschuldigen, aber..."

Ein paar Piekser später stand sie vor der Tür ihrer Schwester.

"Es kann mich den Kopf kosten, wenn ich die Königin störe.", jammerte der Küchenjunge, "Sie gestattet nicht einmal ihren Hofdamen, ihr Speisen oder Getränke zu bringen..."

Triviane drückte die schwere Tür auf und betrat den Raum. Tödliches Schweigen -grabkammergleich- empfing sie. Sie fühlte sich sofort wie zuhause und trat zu Migraine, die blaß und verstört neben einem Kinderbett kniete. Ein Priester mit einer zerknitterten Soutane stand am Kopfende und kaute nervös auf seinem Zigarrenstummel herum. Obwohl Triviane beinahe geräuschlos ins Zimmer getreten war, fuhr Migraine sofort herum.

"Du wagst es...", keifte sie gedämpft, hielt aber sofort inne und flüsterte dann: "Triviane! Dich muß Gott geschickt haben."

"Nein, ganz im Gegenteil, liebe Schwester, ich bin aus eigenem Antrieb gekommen. Wie ich sehe, nicht zu früh. Was ist passiert?"

"Ein Reitunfall, um nicht zu sagen, ein heimtückischer Mordanschlag. Würde Gwyrgelin nicht auf deiner Gehaltsliste stehen, würde ich glauben... ein Unbekannter hat sein Schaukelpferd an gesägt. Er fiel auf den Kopf und ist seit Stunden kaum bei Bewußtsein."

"Hat er Blut gehustet?"

"Nein überhaupt nicht. Bis auf eine kleine Blutlache hier und da. Und er hat jetzt eine entzückende Zahnlücke, die steht ihm ausgezeichnet."

Triviane sah die aufgeplatzte Lippe und die Zahnlücke. Die Platzwunde an der Schläfe war schlimmer. Sie kniff den Prinzen kräftig ins Bein, der daraufhin quiekte wie ein Ferkel. Migraine warnte erschrocken: "Du tust ihm weh! Er schreit, als hätte er Schmerzen!" "Sicher", erwiderte die Schwester, "aber ich muß wissen, wie tief das Koma ist. Zum Glück scheint keine subarachnoidale Blutung vorzuliegen. Ich will das mal eben differential-diagnostisch abklären."

Pater Columbo bekreuzigte sich und starrte sie mißtrauisch aus seinem Glasauge an. Es würde noch Jahrhunderte dauern bis das auch in dieser Hinsicht hinterwäldlerische Christentum die Hohe Schule der Heilkünste nicht mehr als Teufelswerk verdammen würde. Die medizinisch gebildete Herrin der Heiligen Insel schrieb schnell ein Rezept für Krötendrecksalbe auf und fuchtelte dann diagnostisch mit einer Kerze vor dem Gesicht des Jungen herum. Das half zwar genauso wenig, machte aber Eindruck. "Du wirst es überleben", knurrte sie drohend, pustete seine glosenden Stirnfransen aus und setzte ihm noch schnell drei Blutegel an, denn die armen Tiere hatten Hunger, "Komm mit, Migraine, wir haben miteinander zu reden." "Ich muß hierbleiben. Wenn Gwyrgelin aufwacht, wird er nach mir verlangen..." "Unsinn. Seine Kinderfrau soll sich um ihn kümmern. Es geht um Wichtigeres!", sie ging voran in den Konferenzraum, und nahm im Chefsessel Platz, "Habt ihr den Täter gefaßt? Wer sind die Hintermänner?" "Nein, er muß noch hier am Hof sein. Wer kann Gwyrgelin nur nach dem Leben trachten? Einem Kind, das noch kein Dutzend Menschenleben auf dem Gewissen hat." "Oh, da wüßte ich schon ein paar Interessenten. Angefangen bei der unterbezahlten Amme, über dynamisch-ehrgeizige Unterführer und Bedienstete, befreundete Herzöge, Otters zahlreiche Gläubiger, bis hin zur christlichen Kirche in Gestalt von Pater Columbo, falls unsere Pläne mit Gwyrgelin durchschaut sind... aber das ist nicht der Fall. In Frage käme sogar Morgrause, die mit ihrem Mork von Orkni inzwischen vier Söhne wie Orgelpfeifen hat, bei denen es sicher nicht bleibt. Stirbt Gwyrgelin, so hat Otter bislang keinen weiteren Erben." "Mache mir keine Vorwürfe, Triviane... ich habe versucht ihm andere Söhne zu schenken. Seit Gauloise tot ist und der Märklin mich im autogenen Training unterwies, habe ich auch nicht einen Tag Migräne gehabt", sagte Migraine mit zitternder Stimme, während ihre Schwester nur verhalten schmunzelte, "Aber ich glaube, ich werde für meinen Ehebruch bestraft und kann Otter keinen Sohn mehr gebären..." "Bist du verrückt, Migraine?" schimpfte Triviane, schwieg dann aber, als sie sah, dass genau dies der Fall war. "Religiöser Wahn mit Schuldkomplexen, wahrscheinlich durch übermäßiges Beten und Beichten.", dachte sie bei sich, "Dieses Christentum hat es tatsächlich in sich! Ich muß die Kleine scharf im Auge behalten."

Otter Pentagon, der Herrscher über ein immer christlicher werdendes Britannien, dem nach wie vor die Saxen ans Leder wollten, war über den Besuch von Triviane nicht gerade erfreut. Entsprechend kühl fiel seine Begrüßung aus, als er den Konferenzraum betrat, zumal Triviane keine Anstalten machte, seinen Thronsessel zu räumen. Seine Miene verfinsterte sich, als sie ihm seines Sohnes wegen Vorwürfe machte und vorschlug, Gwyrgelin an einem geheimen Ort großziehen zu lassen. Er stimmte dem allerdings notgedrungen als bestem Vorschlag zu. Otters Gesicht hellte sich merklich auf, als Triviane ihren Plan bekannt gab, Worgaime auf der Heiligen Insel zur Priesterin zu erziehen. Migraine jedoch hatte Einwände.

"Für Worgaime gibt es nur zwei Wege", bemerkte sie, "Entweder sie heiratet einen uns treu ergebenen Christen oder sie nimmt den Schleier und geht in ein Kloster."

"Für eine gute Nonne scheint sie jedoch nicht fromm genug.", half Otter.

Triviane knurrte drohend: "Überlege es dir bis morgen noch einmal, Schwester..."

"Nein, da gibt es nichts mehr zu sagen!", Migraine verließ den Saal. "Ich wünschte, ich könnte dir helfen, Triviane," seufzte Otter, "Worgaime loszuwerden wäre eine Wohltat für meinen ganzen Hofstaat. Wenn gleich dies wohl kein sehr christlicher Gedanke ist."

"Christlicher Gedanke! Die einzigen christlichen Gedanken scheinen die zu sein, die den Christen die Kollekte füllen! Unsere Einnahmen sinken mehr und mehr! Du mußt etwas gegen die verdammte Propaganda Christi unternehmen!"

"Tut mir leid, aber die politische Lage läßt es nicht zu. Meine Leute sind schon größtenteils Christen. Ich bin zwar als Heerführer anerkannt, aber als König nicht unumstritten. Manche behaupten zum Beispiel, als ich seinerzeit die Macht übernahm, hätten druidische Hintermänner dem Tod des alten Ambrunzius etwas nachgeholfen, sonst wäre Mork auf den Thron gestiegen. Pater Columbo, den ich früher bezahlte, scheint jetzt für die Kirche ein Auge auf mich zu werfen. Sogar meine eigene Frau ist zum Spitzel Gottes geworden! Ich selbst habe sie zum Glaubenswechsel überredet!"

Triviane war beeindruckt. Alles was er sagte war halbwegs realistisch. "Große Göttin!", dachte sie, "Wie hätten ich und dieser Mann das Land regieren können. Wenn er nur nicht so eine Niete im Bett wäre. Nun, für Migraine mag es genügen." In ihrem ganzen Leben war sie nur auf zwei Männer getroffen, die ihr annähernd ebenbürtig gewesen waren –die ruhten nun sechs Fuß tief unter der Erde.

In dieser Nacht plagten Migraine Kopfschmerzen, wie seit der letzten Techno-Party nicht mehr. Gegen morgen taumelte sie schließlich in die große verlassene Halle, wo sie vor dem Kamin nach ihrem Medizinköfferchen suchte. Sie öffnete es und hatte plötzlich statt der Aspirintabletten einen sehr merkwürdigen Gegenstand in der Hand. Als sie ein Licht entzündete, fiel ihr auf, dass dort kein Köfferchen lag, sondern Trivianes Handtasche, die diese offenbar vergessen hatte. Der hervorgewühlte Gegenstand war eine kleine Wachspuppe, die ihr selbst täuschend ähnlich sah. Eine Nadel war tief in den wächsernen Kopf gebohrt.
"Wie kitschig!", stöhnte sie, warf die Puppe ins Kaminfeuer und ersparte uns damit die Parodie von vier absolut ereignislosen Migraine-Episoden mit einem Gesamtumfang von dreiundachtzig Seiten.

Die Sonne ging gerade unter, als sie den See erreichten. Triviane auf ihrem Pony drehte den Kopf nach Worgaime, die hinter ihr ritt. Die Kleine hatte das greuliche Ende ihrer Mutter mit Gelassenheit getragen. Voodoo war nun mal eine gefährliche Sache, die leicht ins Auge gehen konnte. Das Gesicht des Mädchens zeigte nach dreizehn Stunden im Sattel Spuren von Erschöpfung und Hunger, aber was tat die Jugend nicht alles für einen guten Ausbildungsplatz. Zumal ihr versprochen war, dass sie freie Wahl hätte: Gänsepriesterin, Opferassistentin, Wahrsagetechnikerin, Kräuterlaborantin oder gleich für den gehobenen Dienst der Göttin; eine verlockende Auswahl stand ihr offen.
"Dort liegt der See", erklärte Triviane. "Es dauert nicht mehr lange, und wir werden im Schutz der Mauern sein. Dort erwarten mich ein Feuer, ein Mahl und etwas zu trinken und dich die ersten Einstellungstests. Wie ich dich kenne, wirst du alle bestehen. In letzter Zeit mußten wir die Anforderungen etwas senken. Aber du hast keine Vergünstigungen durch unsere Verwandtschaft zu erwarten, ausgenommen das, was wir vereinbart hatten. Und auch das mußt du dir verdienen."
Sie brachten ihre Pferde am Wasser zum Stehen. Triviane versuchte, die vertraute Küste mit den Augen einer Fremden zu sehen... das dumpfe graue Wasser, das filzige Schilfgras, das die modrigen Ufer säumte, die über dem Dunst niedrig hängenden Wolken und die schleimigen Blutegel, die versuchten, an ihren Beinen empor zu kriechen. Sie war zuhause. Auch Worgaime schien sich gleich wohl zu fühlen.
"Wie kommen wir nach Schwavalon? Ich sehe keine Brücke... sicher

werden wir doch nicht mit den Pferden schwimmen, so ohne Schwimmwesten?"
"Nein. Ich werde das Boot rufen."

Wenige Augenblicke später tauchte auf der trüben Wasseroberfläche eine glitschige Barke auf. Man hörte keinen Ruderschlag, doch die Ruderer waren bald auszumachen, da sich das Boot schnell näherte. Kleine braune Männer deren Oberkörper mit kultischen Tätowierungen bedeckt waren. Worgaime erkannte auf der dunklen Haut verschlungene Blüten, nackte weibliche Körper, Herzen und vieles mehr. Schwavalon tat etwas für die Resozialisierung farbiger Straftäter. Schweigend vertäuten die Männer das Schiffchen mit einem seltsamen Seil aus geflochtenen Waschbärschwänzen. Man führte die Pferde an Bord und half auch Worgaime. Alles vollzog sich in völliger Lautlosigkeit, denn der Zugang zum Hauptquartier der Druiden lag beinahe in Sichtweite der Christenbasis Glatzoncrazy. Triviane nahm ihren Platz am Bug ein, und die Barke glitt auf den See hinaus. Die Priesterin stand hoch aufgerichtet und starr, sie murmelte kaum hörbar eine magische Formel nach der anderen -ein Bild äußerster meditativer Konzentration. Die kleinen Männer schien das wenig zu beeindrucken, dann und wann tippte sich zwar einer bedeutungsvoll an die Stirn, aber ansonsten ruderten sie mit der stoischen Hingabe eines Hilfsbeamten kurz vor der Pensionierung.

Schließlich war der vorgesehene Punkt erreicht und Triviane warf mit einem Ruck die Arme nach oben. Die Nebelgranate zündete über dem Boot und ein dichter Nebel senkte sich herab, der ebenso undurchsichtig war, wie die Motive einer Bestsellerautorin, die ein Werk von zwölfhundert Seiten schreibt, wo auch fünfhundert genügt hätten. Bald waren sie in Trivianes luxuriösen Gemächern. Weiß uniformierte Novizinnen brachten ein üppiges Mahl.
"Deine Tests wirst du morgen absolvieren, Worgaime", schmatzte die Herrin der Insel über eine Wildschweinkeule hinweg, "Iß dein Fleisch und laß es dir schmecken. In den nächsten Jahren wirst du keines mehr bekommen; die Priesterinnen essen kein Fleisch, solange sie ihre Ausbildung noch nicht beendet haben."
"Warum ist das so, Herrin?", Worgaime konnte nicht mehr Tante zu ihr sagen, zu sehr irritierten sie die im Stechschritt auf und ab exerzierenden Novizinnen, die jedesmal exakt gleichzeitig salutierten, wenn sie den Eßtisch passierten.
"In erster Linie aus Kostengründen. Aber angeblich klärt Vegetarismus ja auch den Geist, obwohl es da Gegenbeispiele gibt... Wohnen wirst du vorerst im Haus der Jungfrauen, wo du viele nützliche Dinge erlernen und praktizieren wirst: Empfängnisverhütung, Schwangerschafts-

unterbrechung, die Behandlung von Geschlechtskrankheiten und nicht zuletzt die Kunst, bei sakralen Anlässen durch Mimik und Gestik Jungfräulichkeit vorzutäuschen. Mit Anstand mach an ihm herum, nimm ihn kräftig in die Lehre: In diesem Fall sind alle Männer dumm, ein jeder glaubt, dass er der erste wäre... Aber auch Disziplin wirst du lernen, meine Kleine; gegenüber den Lehren, gegenüber der Göttin und gegenüber deiner vorgesetzten Druidendienststelle."
"Das ist ja faschistisch, äh, ich meine fantastisch, Herrin!"
Worgaime war fasziniert und begeistert. Sie fühlte ganz genau, dass sie hier am richtigen Platz war.

Ein wahrlich unterirdisches Vergnügen,
Beim Egel mit im Matsch zu liegen,
Und Blut und Boden wonniglich umfassen,
Zur Großen Göttin sich aufschwellen lassen!

> In memoriam Hartmann von Aue<

Worgaime erzählt...

Wie schildert man den Werdegang einer Priesterin? Was nicht bekannt ist, ist geheim. Und was hier geschildert wird, ist bekannt. Geheimnisse gibt es daher keine. Was sonst aber könnte meine Leser interessieren?

Siebenmal kamen und gingen die Belltanefeuer. Siebenmal ließ uns der Winter unter seiner Eisenfaust erzittern. Siebenmal feierte der Hausmeister seine langweilige Geburtstagsparty. (In matriarchaischer Weisheit geschulte LeserInnen sollten nun die geheimgehaltene Länge der Ausbildungszeit erraten können.)

"Das Gesicht" stellte sich bei mir ohne Mühe ein, hatte doch Triviane bei mir schon vor Jahren eine paranoid-halluzinatorische Schizophrenie diagnostiziert.

Schwerer fiel es mir jedoch, nur noch solche Dinge zu sehen, die ich sehen sollte. Insbesondere diese Fähigkeit macht eine erfolgreiche Religionsstifterin aus. Auch gerade die kleinen magischen Dinge brauchten viel Zeit: Das sekundenschnelle Köpfen eines Hahnes bei Vollmond mit bloßen Händen, das Vergiften von nur einer Hälfte eines Apfels, das Hervorziehen eines Royal Flush aus dem Nichts.

Am schwersten fiel mir vielleicht, mir selbst zu begegnen, wenn sich unter der Wirkung von berauschenden Mitteln der kranke Geist vom gepeinigten Körper löst. Aber LSD-Training gehört heutzutage zu jeder guten Geheimdienstausbildung dazu. Geschickte therapeutische Unterstützung erlaubte mir hierbei ein Beibehalten meiner wichtigsten Persönlichkeitseigenschaften (Ehrgeiz und Boshaftigkeit).

Schließlich kam der Tag, an dem ich nur mit einem dünnen Negligee bekleidet und nur mit dem Dolch der Priesterin bewaffnet, Schwavalon verlassen mußte -um zurückzukehren, wenn ich konnte. Ich wußte, man würde mich als eine teure Fehlinvestition betrauern, wenn es mir nicht gelang. Aber wer den Weg durch die Sicherungsanlagen nicht ohne Hilfe fand, war für den gehobenen Dienst der Göttin wertlos.

Ich lustwandelte eine Weile auf der Insel der Priester, wobei ich das Seelenheil einzelner Mönche tatkräftig untergrub, und durchstieß dann mühelos den Sperrgürtel zwischen Glatzoncrazy und Schwavalon. Meine Schwestern feierten mich gebührend...

Priesterinnen, die bereits eine gewisse Indoktrination hinter sich hatten, wechselten sich im Dienst bei der Herrin vom See ab. In dieser Jahreshälfte war die Hohepriesterin der Heiligen Insel sehr von den Vorbereitungen für das kommende Fest der Sommersonnenwende in

Anspruch genommen. In der anderen beschäftigte sie sich mit der nicht weniger aufwendigen Orgie der Wintersonnenwende. Doch auch politische Aktionen bedurften der Organisation. Und so schickte Triviane eines Morgens nach Worgaime, die alle nur möglichen Lehrgänge mit Auszeichnung bestanden hatte. Wenige Minuten später stand Worgaime Ehrerbietigkeit heuchelnd vor dem Eingang. Nach nun insgesamt neun Jahren Ausbildung beherrschte sie das lautlose Schleichen ebenso gut, wie alle anderen Qualifikationen des Meuchelmörders.
"Komm herein, Worgaime."

Auch diesmal forderte Triviane sie wie üblich nicht auf, sich zu setzen. Worgaime blieb stehen, und Triviane musterte sie ein Augenblick lang schweigend. Ihre Nichte war nicht groß. Sie würde nie groß sein, und nach all den Jahren in Schwavalon war sie nur um eine Spur weniger zwergenhaft als die Herrin. Der daraus resultierende Minderwertigkeitskomplex würde auch sie zu einer heimtückischen Herrscherin machen. Ihr dunkles Haar war zu einem Zopf geflochten, der ihr im Nacken lag und mit einer Schleife aus hellblauem Hirschleder umwickelt war. Früher hatte man sie oft damit geneckt, sie Worgaime die Fee zu nennen. Tatsächlich ähnelte sie diesem alten Volk, das den Menschen hauptsächlich aus den obszönen Witzen der Vorfahren bekannt war. Man berichtete aber auch, dass noch immer einsame unbewaffnete Wanderer, wenn sie sehr dumm und langsam waren, gelegentlich hinterrücks von einer Horde der häßlichen kleinen Feen überrascht wurden. Mit ihren in exhibitionistischer Absicht durchlöcherten Gewändern pflegten sie das Opfer zu echauffieren, dem daraufhin noch lange ihr geheimnisvoller Schlachtruf "Ey- hasduma nemark?!" in den Ohren klingen sollte.
"Sie ist nicht schön", dachte Triviane, zweifellos wäre Worgaime wie alle jungen Frauen -und Männer- lieber schön gewesen und war äußerst unglücklich darüber, es nicht zu sein. Manchmal fragte sie sich, ob nicht der Neid auf Migraines Schönheit seinerzeit dazu geführt hatte, dass sie sich auf den Tausch gegen nur zweihundert Enten mit dem Geizhals Gauloise eingelassen hatte. So hatte sie ihre hübsche Schwester nicht mehr an ihre eigene Häßlichkeit erinnern können.
"Aber mir hatte sie auch ein relativ schmerzloses Ende zu verdanken", beruhigte Triviane ihr rudimentäres Gewissen, "und die Enten waren immerhin gut gemästet."

Triviane wurde bewußt, dass Worgaime immer noch vor ihr stand und innerlich bereits vor Zorn kochen mußte. Sie schien völlig beherrscht, aber die Haare in ihrer dreihöckrigen Entennase waren gesträubt wie der Pelz eines in einer Rattenfalle zischenden Iltis.

"Wie bei Migraine", dachte Triviane, "Es ist Phaliesins Erbe."

Sie strich über ihr eigenes Riechorgan, das etwas kleiner war und nur zwei Erhebungen aufwies.

"Das Blut von Schwavalon fließt bei ihr reiner als bei mir selbst."

"Ich möchte, dass du mit der Barke übersetzt. Mein Sohn wartet am Ufer.", brach sie schließlich ihr Schweigen als sie merkte, dass es die Nichte nicht weiter verärgern konnte.

"Tralalahd?", fragte Worgaime, "Ist er nicht christlich erzogen worden? Ich erinnere mich, dass er einige Male auf der Insel war als ich am Anfang meiner Ausbildung stand."

"In der Tat ist Tralalahd heute Christ, aber wir gaben ihm posthypnotische Befehle ein, die ihn immer wieder hierher führen werden. Leider ist kein zuverlässiger Spitzel aus ihm geworden. Er kämpft allzu begeistert für die Christen gegen die säxischen Heiden."

*

Worgaime ging den Trampelpfad zum Seeufer hinunter. Ihr Blutdruck senkte sich nur langsam. Immer wieder mischte sich in letzter Zeit kochender Zorn in den kalten Haß, den sie Triviane sonst entgegenbrachte. Diese Gefühle mußte sie natürlich gut verbergen. Sie nahm sich vor, ihre Nasenhaare in Zukunft kürzer zu rasieren. Die kleinen dunklen Männer, die die Barke ruderten verbeugten sich schweigend vor Worgaime, um ihre Rentenansprüche nicht zu gefährden, die für sie durch die höheren Priesterinnen verkörpert wurden. Sie näherten sich schnell und lautlos dem anderen Ufer. Der dort wartende Reiter war feingliedrig, mit einem hübschen dunklen, scharf geschnittenen Gesicht, das durch eine rote Baseballmütze und den weiten roten Gummimantel, der ihm elegant über die Schulter fiel, noch betont wurde. Er saß ab; die natürliche Anmut seiner Bewegungen -die Anmut eines Tänzers- ließ sie sich die Lippen befeuchten. Nichts erinnerte Worgaime an den hageren Jungen mit den knochigen Beinen und der Zahnlücke.

"Steig ein, Tralalahd", kommandierte sie leise, um zu verhindern, dass ihre Stimme allzusehr den Ton eines Unteroffiziers annahm. Er machte eine höfische Verbeugung, und das rote Gummi öffnete sich mit großem Schwung. Hatte sie dies je verächtlich als ein Kunststück der Hofschranzen abgetan? Bei Tralalahd war diese Bewegung vollkommen eins mit seinem Körper. Worgaime bemerkte, dass Hofschranzen ganz hübsch anzusehen sein konnten. Er stieg ein, ohne sie zu erkennen.

"So ein Ignorant!", dachte sie, "Trotzdem, heute abend wird kräftig georgelt."

Tralalahds Stimme klang tief und tönte voll schmeichelnder Erotik, als er sagte:

"Oh, jetzt, wo ihr Eure Nase rümpft, erkenne ich Euch... sonst hat sich alles an Euch verändert. Wart ihr früher nicht meine Base Worgaime?" Seine dunklen Augen blitzten verlockend.

"Nichts ist mehr wie damals, als ich dich Worgaime, die Fee nannte..."

Sie führte ihn vor Triviane, die ihn in ihrem Arbeitsraum empfing. Auf einem gewaltigen Schreibtisch vor ihr lagen unzählige Pergamente: Generalstabskarten, Gehaltslisten, Grundrisse geheimnisvoller Gebäude, ballistische und kabalistische Tabellen...

"Betrachte dein bisheriges Leben als abgeschlossen, Tralalahd.", begann sie ohne Umschweife und blickte kurz auf, "Du wirst Märklin von Britannien, oder besser Großbritannien, wie es dann heißen wird."

Der junge Mann war sichtlich überrascht, verdrehte die Augen und bekreuzigte sich, worauf die beiden greulich anzusehenden Steingötzen, die rechts und links von ihm standen, mit einem widerlichen Schaben ein Stück zusammenrückten. Er jaulte gehetzt auf und versuchte panisch sein Schwert herauszureißen, wobei sein Ellenbogen aber gegen die Statue rechts von ihm donnerte. Auf ihr leises Grunzen hin sank Tralalahd in Ohnmacht.

"Vergiß es", seufzte Triviane, "Bringt ihn 'raus. Ich glaube, am besten stimme ich dem Vorschlag Phaliesins zu, den Posten des Märklin als Arbeitsplatz für Behinderte auszuschreiben. Krieger sind heutzutage einfach zu zart besaitet, selbst wenn sie aus meiner eigenen Nachkommenschaft stammen."

Worgaime ließ Tralalahd in ihr Schlafgemach schaffen. Schon am nächsten Tag schlug er bleich und zittrig die Augen auf und stürzte mit einem Entsetzensschrei ins Freie. Worgaime folgte ihm lachend.

"Laß uns den Berg dort besteigen, wie damals in unserer Kindheit", schlug sie vor. Er erholte sich schnell, da er glaubte nur schlecht geträumt zu haben, und willigte ein. Schon bald bewegte er sich anmutig wie am Tag zuvor neben ihr. Mit großen dunklen feuchten Augen und einer angenehm tönenden dunklen Stimme sprach er zartfühlend über romantische Dinge, für die Worgaime keinerlei Interesse hatte. Aber sie hatte gelernt, unschuldigen Liebreiz und staunendes Interesse für das Gefasel eines Mannes zu heucheln.

"Nenn mich bitte nicht mehr Tralalahd, Worgaime. Dieser Name wirkt so lächerlich. Meine Zieheltern gaben mir den Namen Tanzeflot, so kennen mich meine Freunde."

"Wenn du möchtest... also Ritter Tanzeflot!"

"Früher als Kinder haben wir oft den Steilhang dort erklommen...aber für eine Frau ist es wohl zu beschwerlich, mit diesem langen Rock."

Worgaime lachte und erklärte beruhigend, sie sei schon oft auf den Berg geklettert.

"Und den langen Rock bin ich gewohnt. wenn er mich stört, nehme ich ihn einfach hoch."

Sein versonnenes Lächeln war unwiderstehlich.

"Die meisten Frauen, die ich kenne, wären zu sittsam, um ihre nackten Beine zu zeigen."

Worgaime wurde durchaus nicht rot, sondern spielte die Begriffsstutzige.

"Es ist mir neu, dass Sittsamkeit etwas mit nackten Beinen beim Klettern zu tun haben soll... die Männer wissen doch sicher, dass Frauen auch Beine haben.", meinte sie unschuldig, "Es kann der Sittsamkeit wenig schaden, wenn sie sehen, was sie sich ohnedies leicht vorstellen können."

Beim Klettern hielt sie sich dicht über ihm und sorgte dafür, dass er seine Vorstellungskraft nicht allzu sehr in Anspruch zu nehmen brauchte. Oben angekommen glaubte sie, Tanzeflot brauche jetzt nur noch einen kleinen Anstoß und entledigte sich rasch ihrer Kleider.

"Nun, worauf wartet Ihr, edler Ritter", lockte sie, sich mit gespielter Schüchternheit räkelnd, "ich beiße Euch schon nichts ab."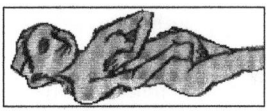

"Ich, äh... hab' jetzt gerade keine Lust. Das kann doch mal vorkommen."

Leicht verstimmt zog sich Worgaime wieder an. Auch sein Wunsch, jetzt Enten jagen zu wollen, besserte ihre Laune nicht, glaubte sie doch eine Anspielung auf ihre Nase heraus zu hören. Trotzdem begleitete sie ihn, da er nicht weniger charmant mit ihr umging als vorher. Vielleicht war es ihm auf dem Berg ja nur zu hell gewesen. Er war anscheinend ein bißchen verklemmt, der junge Mann. Immerhin lobte er mehrfach Worgaimes Schönheit, als sie durch einen alten Tempel mit besonders scheußlichen Götzenstatuen schlenderten. Sie holten Pfeil und Bogen und pirschten in den sumpfigen Sicherheitsgürtel, wo wallende Nebel den Blick auf Glatzoncrazy verwehrten. Gerade hatte Worgaime ein trockenes Plätzchen gesichtet und glaubte Tanzeflot nun in Stimmung gebracht zu haben, als sie ein entsetzlich schrilles hysterisches Weinen hörten. Sie tasteten sich durch den Nebel und plötzlich stand ein schönes blondes Mädchen vor ihnen. Worgaime wollte die kreischende Maid gerade mit einer schnellen Bewegung in ein Moorloch schieben, da trat ihr Begleiter auf sie zu. Ihr entging nicht, dass Tanzeflot die Fremde vom ersten Moment an genauso betörend ansah wie jede Frau.

"Hast du dich verirrt, schönes Kind?", tönte seine erotische Stimme.

"Mein Name ist Flennwyfar. Ich bin im Nonnenkloster zu Glatzoncrazy. Wo, bei Jesus, sind wir hier? Wer seid Ihr, schöner Ritter? Und wer ist die häßliche kleine Alte dort? Eine Zahnfee?"

Wenn Blicke töten könnten, hätte sie auf der Stelle ein unschönes Ende gefunden, doch diesen Trick hatte Triviane seinerzeit aus dem Lehrplan der Priesterinnen gestrichen. Dem galanten Tanzeflot war die Brisanz der Situation nicht entgangen.

"Die Schönheit, Flennwyfar, liegt immer im Auge des Betrachters", meinte er diplomatisch, "Mich nennt man Tralalahd oder Tanzeflot, und dies ist meine Base Worgaime. Sie ist Priesterin und besitzt das Zweite Gesicht."

"Ein Glück für sie", kicherte Flennwyfar, "mit ihrem ersten ist ja auch nicht viel los."

Die folgenden Ereignisse sind nicht überliefert, aber irgendwie gelang es Tanzeflot sich mit Flennwyfar nach Glatzoncrazy durchzuschlagen. Worgaime setzte sich anschließend ein Jahr lang dafür ein, die Befestigungsanlagen von Schwavalon zu modernisieren und auszubauen.

*

Im Frühling des nächsten Jahres kam der Märklin merklich abgehetzt spätabends nach Schwavalon. Phaliesin war völlig durchnäßt, da er versucht hatte, auf dem Landweg von Glatzoncrazy auf die Heilige Insel zu schleichen, ohne über die neuen Sicherungsmaßnahmen Bescheid zu wissen. Er war mit einigen Schrapnellkratzern und dem Sturz in einen vergifteten Wassergraben nur knapp davon gekommen und entsprechend schlechter Laune. Triviane brachte ihm Rumgrog und Cracker an den Kamin, wo er auf einer Wärmflasche saß und sich in eine Decke gewickelt hatte. Dann setzte sie sich huldvoll zu ihm.

"Jetzt erzählt mir alles, Vater."

"Vater? Glaubst du, ich sei jetzt altersschwachsinnig genug, um mir jede Untat im ganzen Königreich unterschieben zu lassen? Was ist in dich gefahren, Triviane?"

"Vater! Gevatter!", schmunzelte Triviane, "Was für ein bedeutungsloses Wort! Ich vergaß, dass es für euch Männer jene Tröpfchen symbolisiert, den der Zyklus von Leben und Geburt noch von euch benötigt. Alt genug bist du allerdings, um mein Großvater zu sein. Und doch steht meine

Gebrechlichkeit der deinen kaum nach. Nur du scheinst die Zeit besiegt zu haben."

"Frischzellentherapie", mümmelte der Märklin und rückte sein Gebiß gerade, "zahlt alles die Druidenkrankenkasse. Aber Kopf hoch, Triviane! Wir schaffen es. Unser Plan geht langsam auf, wenn auch manches daneben gegangen ist in den letzten Jahren. Barfus kann jetzt auf den Thron steigen, um Britannien gegen die Saxen zu einigen. Otter Pentagon ist abserviert. Danach helfen wir den Christen an das Ziel ihrer Wünsche: In den Himmel."

"Otter Pentagon ist tot? Wie ist das passiert?"

"Nun, er zog wie immer tapfer an der Spitze seiner Krieger in ein Scharmützel gegen die Saxen, um sich kurz vor dem Kampf in die hinterste Linie zu schleichen. Diesmal wartete dort einer unserer Druidenagenten, nahm ihm die Perücke vom Kopf, warf ihm einen roten Mantel um und ließ ihn hochleben. Die begeisterten Männer hoben ihn sofort auf die Schultern und trugen ihn wieder nach vorne. Ein säxischer Speer sicherte unserem kleinen Diktator den Thronsessel."

"Wird Barfus seiner Aufgabe gewachsen sein? Erzogen im Haus eines romanoiden Christen? Gesegnet mit dem inzestuösen Schwachsinn zweier hochedler Königshäuser? Unsere Bastionen fallen wie Fliegen über dem Kamin einer Chemiefabrik. Die Lage ist nicht mehr so rosig wie damals als wir unser kleines Komplott schmiedeten. Was ist, wenn Barfus in seiner Einfalt den Christen anheimfällt?"

"Wir werden etwas ausknobeln, was ihn für immer vom Christentum kuriert.", murmelte der Märklin und seine listigen Augen verrieten, dass sein Geist wie ein gigantisches Stellwerk Weichen stellte, um die richtigen Leute auf ein totes Gleis zu lenken. Wie üblich hatte er jedoch seine Anschlüsse falsch gepolt.

"Für sein Königtum muß Barfus an Belltane den Hirsch machen, um sich der Stämme und des Alten Volkes zu versichern. Die Fruchtbarkeitsorgie werden wir uns zunutze machen."

Abb. Piktische Kriegerin

Die Riten des Alten Volkes schrieben es vor, dass ein neuer König mit einem Geweih auf dem Kopf und am ganzen Körper geschminkt, im Wald mit einem ausgestopften Hirsch um die Wette laufen mußte. Dann mußte er sich auf dem Moos solange in den Innereien einer aufgeschlitzten Bisamratte wälzen, bis ein in der Nähe festgebundenes Eichhörnchen sich dreimal erbrach. Wem solches widerfahren sei, so glaubte das Alte Volk, dem sei jede Furcht, sich lächerlich zu machen, für immer vergangen. Barfus mußte der ganze Hergang zwar achtmal erklärt werden, aber da er erfuhr, dass er hernach den Fruchtbarkeitsakt mit der diesjährigen Schönheitskönigin vollziehen dürfe, war er Feuer und Flamme dafür. Zunächst schlitzte er allerdings aus Versehen das Eichhörnchen auf (niemand hatte ihm den Unterschied erklärt) und konnte gar nicht verstehen warum die Zeremonie wiederholt werden mußte, obwohl sich die sensiblere Bisamratte sogar fünfmal erbrach. Schließlich aber trugen ihn die Schamanen unter Gesängen in ihr Dorf zurück. Die kleinen braunen Menschen sangen die Siegeshymnen in der geheimnisvollen Alten Sprache, die sogar sie selbst nur noch halb verstanden:

"Er hat gekotzt und sich gewälzt,
Blut und Schweiß im Dreck verschmelzt,
Er siegt für uns,
Erliegt für uns,
Sein Schrei uns in den Ohren gellt,
Bis dass die Welt zusammenfällt..."

In der niedrigen, finsteren Hütte ertastete Barfus einen schlanken, weiblichen Körper. Die Kleine stöhnte bei seiner Berührung laut und lustvoll auf. Offenbar hatte sie schon ohne ihn angefangen. Da er, gänzlich unerfahren, nicht allzu genau wußte, womit eigentlich, hängte er erst mal sein Geweih neben der Tür auf und wollte dann nervös pfeifend die Hände in die Hosentaschen stecken. Doch er war ja nackt! Als sie ihn dann endlich in ihre erfahrenen Arme nahm, öffnete sich für ihn eine neue Welt. Er fand

dieses Erlebnis wundervoll, faszinierend, erschreckend! Auf jeden Fall besser als die Sache mit dem Eichhörnchen. Doch wie so oft in so einer Geschichte kam das böse Erwachen am nächsten Morgen.
"Worgaime!"
"Gwyrgelin! Kleiner Bruder, was machst du denn hier? Verdammt, das muß Triviane eingefädelt haben. Warum hat sie mir bloß nichts gesagt?"
"Nein! Um Gottes Willen! Inzest! Sünde! Blutschande! Damit bin ich als König mein ganzes Leben lang erpressbar!", dämmerte es selbst Barfus' schwachem Verstand. Von irgendwoher hörten sie plötzlich ein leises schnurrendes Kichern, das entfernt an das Rattern einer Spielzeugeisenbahn erinnerte.

Musik drang aus Trivianes Gemächern und ließ Worgaime, die ihr die Sache mit Gwyrgelin schon wieder verziehen hatte, neugierig lauschen. Es war nicht Phaliesin, der dort auf seinem Kamm blies -wie schon erwähnt, diente seine Gitarre anderen Zwecken. Jemand zupfte virtuos ein Banjo. Worgaime trat ein. Im Zimmer saß neben ihrer Tante der Märklin. Beide lauschten dem Spiel eines Barden, der im Rollstuhl vor dem Kamin saß. Ein Vorstellungstermin: Phaliesin suchte einen Nachfolger.
"Komm näher, Worgaime. Ich möchte dir meinen Nachfolger Kelvin vorstellen. Er spielt gut, wie du hörst und kann sogar Noten lesen."
"Ein schönes Instrument habt Ihr da, aber wer hat Euch denn so gräßlich verstümmelt und entstellt?", fragte sie einfühlsam, "Die Saxen?"
"Nein, die Steuereintreiber des Königs. Ich war der einzige Überlebende meines Dorfes."
"Glückspilz! Und nun seid Ihr also Phaliesin in die Hände gefallen."
"Er hörte mich mein Banjo liebkosen und schickte die anderen Bewerber nach Hause. Auch später, als ich anfing darauf zu spielen, war er nicht enttäuscht. Seine Ansprüche sind allerdings auch nicht sehr hoch."
"Ich habe noch nie jemanden gesehen, der sein Banjo so hält wie ihr..."
"Gewiß", erwiderte Kelvin mit einem entschuldigenden, aber stolzen Grinsen, "Ich habe nicht viel Kraft in den verkrüppelten Armen und muß sehen, dass ich die mir verbliebenen gesunden Organe effektiv einsetze."
"Wir sind jedoch nicht nur zusammen gekommen, um über Musik zu schwafeln", bemerkte Triviane, "Bald steigt unser kleiner Diktator auf den Thron. Die Operation muß jetzt schnell anlaufen. Dank Worgaimes persönlichem Einsatz haben wir ihn zwar voll in der Hand. Aber wird er das auch kapieren? Oder läuft er eines Tages zur Beichte und glaubt, danach ist alles vergessen? Ich habe mir überlegt, dass es besser ist, ihn mit einem zusätzlichen Geschenk an uns zu binden. In unserer Geheimwaffenschmiede lasse ich zur Zeit ein Schwert herstellen, wie es die Welt noch nicht gesehen hat: Edelstahl, gehärtet, nichtrostend, antimagnetisch und wasserdicht bis in Tauchtiefen von mehr als fünfzehn

Metern! Sein magischer Name soll da lauten "Explosibum". Da Worgaime die ihre schon einmal zur Verfügung stellte, soll sie nun auch für das Schwert eine magische Scheide schaffen. Was meinst du dazu, Worgaime?"

"Ein geschmackloser Witz, aber eine gute Idee."

"Dafür wird uns Barfus den Heiligen Eid schwören, geheimen Weisungen aus Schwavalon zeitlebens Folge zu leisten. Und das könnte verdammt kurz sein."

"Der Knabe ist als Christ verzogen worden.", gab Phaliesin zu bedenken, "Wird er einen solchen Eid ablegen?"

"Was bedeutet einem jungen Rabauken alles Geschwafel über Götter, wenn er mit einem sagenhaften Schwert seine Bande zu blutigen Raubzügen führen kann?"

"Was bedeutet ihm dann aber auch ein sogenannter Heiliger Eid?"

"Sehr richtig, Phaliesin, man sollte ihm vielleicht klar machen, was mit einem Eidbrecher geschieht...", Triviane schielte zu ihrem gigantischen Setzkasten hinüber, der wohl die größte Sammlung nadelgespickter Wachspüppchen enthielt, die jemals existierte.

"Lieber nicht, du schießt so schnell übers Ziel hinaus. Denke nur an Migraine..."

"Ich denke, uns wird schon etwas Passendes einfallen."

*

"Wie oft saß er früher auf meinem Schoß und entleerte seine verdammte kleine Blase? Wie oft bezog ich Schelte, weil er etwas zerbrochen hatte? Mein kleiner, stupider Bruder! Und nun bin ich nicht nur schwanger von ihm, sondern nähe ihm auch noch seine blöde Schwertscheide...", so oder ähnlich fluchte Worgaime leise vor sich hin, während sie an der magischen Scheide arbeitete.

Raven, eine Priesterin die sehr stark lispelte und daher, eitel wie sie war, ein lebenslanges Schweigegelübde abgelegt hatte, beobachtete Worgaime bei der Arbeit. Sie glaubte, diese murmele Zaubersprüche über dem Hirschleder. In Wahrheit beruhte die Magie der Scheide jedoch auf einer durchdachten Verarbeitung. In das Leder wurden Metallfäden, Wolle und Bernstein so geschickt hinein gestickt, dass sie später elektrostatisches Prickeln beim Träger bewirken konnten. Redete man ihm ein, dies würde Blutungen stillen, so konnte man, sofern er dumm genug war daran zu glauben, durchaus mit gewissen psychosomatischen Wirkungen rechnen...

*

"Das Schwert der Heiligen Insignien der Druiden: Explosibum!", sagte Triviane ruhig. "Schwöre mir, Barfus Pentagon, König von Britannien, Ritter der Kokosnuß, dass du niemals in deinem Reich ein Unrecht zulassen wirst, ausgenommen du bist der Nutznießer, dass deine Krieger niemals ein friedliches Land angreifen, es sei denn dieses ist schwächer als sie, dass deine Steuern niemals erhöht werden, falls dir nicht ein plausibler Grund einfällt, dass du Anweisungen aus der Druidenzentrale jederzeit Folge leisten wirst, bis dich vielleicht der Wunsch befällt, einen qualvollen Tod zu sterben und das Schwert ist dein!"
Barfus, der zuvor eifrig genickt hatte, war beim letzten Nebensatz hellhörig geworden und fragte mißtrauisch:
"War da was mit einem qualvollen Tod?"

Triviane zog Explosibum aus der kunstlos bestickten Lederscheide. Glitzernd und funkelnd brach sich das Licht in den Glasmurmeln und Spiegelscherben, mit denen der Knauf reich verziert war. Barfus wollte mit großen Augen nach dem Schwert greifen. Worgaime erkannte an diesem Blick, dass er niemals kapieren würde, was für eine Waffe vor ihm lag.
"Barfus. Wie magst du deine Fragerei nur gleich so hitzig übertreiben? Du sollst hier doch nichts für uns unterschreiben. Mit diesem Schwert in der Hand wird dir kein Krieger widerstehen. Es gibt dir die Attraktivität eines Herrschers. Schwöre und es ist dein. Bitte schnell, wir alle hier haben noch Wichtigeres zu tun."
"Nun schwöre schon, Brüderchen! Das Schwert gefällt dir doch? Und sieh nur, die magische Scheide. Selbstbestickt! Wer sie trägt verliert nur wenig Blut."
"Du kannst uns allen hier vertrauen, Barfus. Das sage ich dir nicht mit der uralten Weisheit des Märklin von Britannien, sondern mit der Güte eines alten Freundes."
"Na gut, ich schwöre. Her mit dem Ding. Explosibum? Liegt gut in der Hand!"
"Du uns auch...äh, liegst uns auch sehr am Herzen. Denke an deinen Schwur! Wir werden ihn gewiß nicht vergessen. Blut ist ein ganz besondrer Saft..."
"Welchen Schwur denn? Ach den! Nein bestimmt nicht, Triviane. Ich hau drauf mit meiner ganzen Kraft!"

Sie alle hatten plötzlich ihre Zweifel, ob es gut gehen würde. Zunächst würde ihr kleiner Diktator die Macht ergreifen. Aber was dann? Mit kindlicher Freude erprobte der neue Pentagon die Schärfe seines Schwertes an den herumstehenden Möbeln. Sein Gesicht war so sympathisch, dass jeder, der ihm nur drei Minuten in der U-Bahn gegenüber gesessen hätte, glauben könnte, einen Freund fürs Leben gefunden zu haben. In einem anderen Zeitalter wäre er gewiß Showmaster geworden und hätte mit Werbung für Karibo-Gummibären Millionen verdient.

"Wetten, dass... ich deinen Lieblingssessel mit einem Schlag entzweihacken kann?", grölte er gerade, brauchte aber neunundzwanzig Hiebe und einen Fußtritt, bis der Widersacher am Boden lag.

"Schon gut, jetzt, Barfus, die Zeremonie ist vorüber. Du kannst verschwinden. Binde dir die Scheide an den Gürtel... und hier! Vergiß das Schwert nicht!"

Zwei Wochen später sollte in Caesarleon die öffentliche Krönung stattfinden, wo alle Führer des Landes Barfus die Treue schwören würden. Ein großes Festmahl, dessen Erinnerung noch lange die Augen glänzen und die Münder feucht werden lassen sollte, war geplant. Worgaime wollte ihrem Bruder in der Stunde seines Triumphes nah sein und packte in Schwavalon ihre Sachen. Auch die Zutaten für ihr Brechmittel vergaß sie nicht.

*

2. Buch

Das Kreischen der Königin

Mork von Orkni war ein Mann, der gut bei Frauen ankam, seit ein todesmutiger Barbier ihm empfohlen hatte, das Rasierwasser zu wechseln. Seine Gattin Morgrause verschwendete keine Zeit damit, ihm eifersüchtige Szenen zu machen, war sie doch selbst viel zu sehr von ihren Seitensprüngen in Anspruch genommen. Und solange Morgrause jedes ihrer Kinder ins Jenseits beförderte, das dem König allzu unähnlich sah, hatte Mork nichts dagegen. Im Prinzip waren sie miteinander zufrieden, liebten aber nun mal die Abwechslung. So kam es, dass auf den Orknis jeder zweite Bewohner dem Herrscher wie aus dem Gesicht geschnitten war, und ein Thronfolger um den anderen geboren wurde. Das Land war zwar kalt und karg, aber die Spielzeugindustrie florierte und die Druidenpraxen für Haut- und Geschlechtskrankheiten gingen gut. Wo sonst hätte Worgaime geübtere Hebammen finden können, um ihr Kind zur Welt zu bringen?

Nach den Ereignissen des letzten Jahres hielt sie es ohnehin für ratsam, eine Weile unterzutauchen. Es würde Dutzende Generationen phantasiebegabter Chronisten und verlogener Historiker brauchen, bis man von Barfus' Krönung als einem glanzvollen Ereignis sprechen würde. Auch Mork hatte mit den anderen Häuptlingen, Herzögen, Königen und Revolutionsführern in einem gewaltigen See von Erbrochenem gestanden und Barfus den Treueschwur geleistet. Keiner der Polit-Profis hatte sich etwas anmerken lassen. Nur der Schamanenvertreter des Alten Volkes verwies traurig auf sein ertrunkenes Eichhörnchen und meinte, der Weiße Mann müsse immer alles übertreiben.

Hoch im Norden des Landes spürte Worgaime jetzt schon die Wehen und tröstete sich mit dem Gedanken an das grüne Gesicht des Urhebers ihrer Schmerzen. Sie meinte damit Barfus, nicht etwa Phaliesin, der ja auch beteiligt war und mit den Jahren ein ebenfalls grasgrünes Greisengesicht entwickelt hatte. Ein Kunstfehler seines Frischzellentherapeuten, wie er beteuerte.
"Für eine Abtreibung ist es jetzt zu spät", grinste Morgrause, die seit sieben Monaten versuchte, Worgaime zu entlocken, wer der Vater des Kindes war. Ihre Nichte schleppte sich mit unförmigem Bauch, die Hände in den Rücken gestemmt auf und ab und sang obszöne Lieder, die selbst König Mork erröten ließen.

"Ist dir eigentlich bewußt, dass dieses Kind dem Thron des Großkönigs näher stehen wird als meine Söhne, liebste Schwester? Unser Ältester, Ritter Chauwain, ist jetzt einer von Barfus engsten Vertrauten. Stirbt der Großkönig ohne Erben, könnte mein Sohn auf den höchsten Thron des Landes steigen."

"Zuvor würde er sich gewiß an Barfus' Grab zu Tode winseln. Du weißt selbst, dass Chauwain dem Charme meines Bruders erlegen ist wie eine Ratte einem Pfund Zyankali. Er ist ihm so hündisch ergeben, dass er sein verpfuschtes Leben für Barfus opfern würde. Sie benutzen sogar eine gemeinsame Zahnbürste."

"Trotzdem zieht Barfus den Schönling Tanzeflot ihm vor."

"Das kann ich ihm nicht verdenken. Schließlich verwendet Chauwain die alten Rasierwasservorräte seines Vaters."

Mork und einer seiner Edelmänner, wohl der erste geadelte Barbier der britischen Geschichte, blickten auf. Dem König von Orkni war nicht wohl bei der Anwesenheit der scharfsinnigen Priesterin der Großen Göttin. Sie hatte schon am ersten Tag ihres Besuches in seinen Unterlagen die Konstruktionszeichnung eines gewissen Schaukelpferdchens sowie einiger Expertisen, wie es an zu sägen sei, damit der Benutzer sich den Hals bräche, aufgestöbert. Nur Worgaimes Versicherung, dass im Falle ihres allzu langen Ausbleibens in Schwavalon ihr Hab und Gut mit wertvollen Kunstschätzen, darunter zwei sehr gelungene Wachsplastiken, rituell verfeuert würde, garantierte ihr die ungetrübte Gastfreundschaft. Die Geburt dauerte sehr lange und Morgrause, die keinen Moment von Worgaimes Seite gewichen war, weil sie hoffte, die Nichte würde in den Geburtswehen die Herkunft des Kindes preisgeben, indem sie den Vater verfluchte, wurde beim Anblick des Babys von ihrer Neugier erlöst. Worgaime mußte an die Abschiedsworte Phaliesins denken, als sie ihren Sohn sah.

"Es steht in den Sternen", hatte der Märklin in seiner wichtigtuerischen Art geweissagt, "dass dein und Barfus' Sohn einem großen, ehrenvollen, aber tragischen Schicksal entgegensieht. Es ist ihm bestimmt, der erste Mensch mit einer vierhöckrigen Entenschnabelnase zu sein. Du solltest ihn eigentlich Schnabeliwopski nennen."

Der alte Falschsager hatte wider Erwarten endlich einmal recht behalten. Durch diese Babynase floß Avalons Blut so edel, rein und klar, wie es nur Jahrhunderte dekadentester Degeneration durch aus Machtgier geborenem Inzest bewirkt haben konnten.

"Unzucht und Syphilis!", entfuhr es Morgrause, die eigentlich vorgehabt hatte, das Balg schnell zu erwürgen, "...der christliche Großkönig von Britannien hat ein Kind von seiner eigenen Schwester! Ein feines As in Schwavalons Ärmel. Niemals hatte eine Erpresserbande mehr in der

Hand. Der Junge bleibt hier, Schwesterchen, auch ich kenne jetzt euer Geheimnis. Du kannst mir den Goldjungen ruhig anvertrauen, ich würde so ein Pfand gegen den Großkönig niemals wegwerfen."

"So sei es, Morgrause. Hüte ihn gut. Und denk' daran, dass es unser heiliges Ziel ist, die bigotten Pfaffen des Christengottes zur Hölle zu schicken, um sie durch unsere bigotten Druiden zu ersetzen. Wer sich dieser humanitären Pflicht widersetzt, wird zermalmt. Insbesondere Verräter sind nicht sehr beliebt bei uns..." *325*

*

F lennwyfar, die Tochter des Königs Deodoranz, war eine wunderschöne junge Prinzessin mit goldenem Haar, deren Psychotherapeuten sich oft fragten, was bei ihr eigentlich gestört war. Geist schien sie nicht in nennenswertem Umfang zu besitzen. Trotzdem verfügte sie über eine ansehnliche Zahl von Neurosen. Agoraphobie war ihre Lieblingsbeschäftigung. Sah sie nur ein Eckchen freien Himmels, so schrie sie mit ihrer hellen, gut trainierten Stimme stundenlang, meist bis zum Einbruch der Dunkelheit. Ihr Vater war sehr bemüht, einen Ehemann für sie zu finden, in der nicht ganz unberechtigten Hoffnung, seine Burg würde dann etwas ruhiger werden. Unter Wert wollte er sie jedoch auch nicht verschachern, denn der Preis für Blondinen stand gut. Außerdem hatte er Verständnis für das Hobby seiner Tochter, liebte er es doch selbst, beim Anblick von Mäusen, die damals noch häufiger waren, gellend zu kreischen. Flennwyfar lugte mit einem Auge durch einen Spalt ihres vernagelten Fensters.

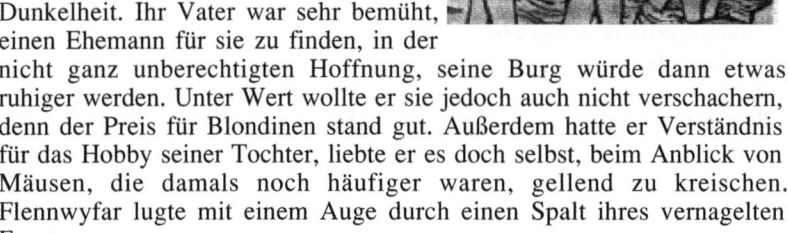

Was sie unten im Hof sah gefiel ihr gut, sehr gut sogar. Ein eleganter junger Reiter mit einer knallroten Baseballmütze, dem letzten Schrei am Hofe König Barfus', beschäftigte sich in äußerst liebevoller Weise mit seiner Stute. Ihr lief das Wasser nicht nur im Munde zusammen. Der schöne Unbekannte kam ihr sehr bekannt vor. Vor einigen Jahren, in ihrer Klosterzeit, war er an jenem schrecklichen Tag extra nur für sie erschienen, um sie aus den Klauen einer häßlichen kleinen Fee zu erretten, die er mitgebracht hatte. Dass an dieser Interpretation irgend etwas unlogisch sein könnte, kam ihr nicht in den Sinn. Nun war er also zurückgekehrt um sie zu heiraten und nachzuholen, was er damals versäumte. Die Frauen flüsterten sich am Feuer über ihn zu, er nenne sich Tanzeflot vom See, weil seine Mutter es mit einem Mann aus dem Feenvolk getrieben hätte. Bei seinen Feinden, in erster Linie den Saxen aber auch anderen banausisch gekleideten Barbaren, heiße er Elfenmaul. Denn in der Schlacht stoße er so spitze Schreie aus, dass die feindlichen Pferde scheu würden. Im Umgang mit Reitgetier sei er überhaupt unübertroffen. Dem konnte Flennwyfar nur zustimmen.

"Der Großkönig braucht Pferde, nichts als Pferde! Zum Heiraten ist er noch zu jung.", tönte bald von unten, aus der Halle der Burg eine erotisch-warme Stimme herauf. Tanzeflot sprach anscheinend mit ihrem Vater. Was Deodoranz antwortete, konnte sie nicht verstehen. Es interessierte sie auch nicht. Sie wollte nur dieser Stimme lauschen, die, wäre Tanzeflot musikalisch gewesen, ihn schnell auf Platz eins der Bardenparade gebracht hätte.
"Die Saxen stehen an allen Fronten in guten Positionen und werden Britannien überrennen wie ein Elefant eine Porzellanmausefalle. Ich verhandle doch hier nicht aus Eigennutz, Deodoranz! Mich würde eine Saxenherrschaft am allerwenigsten stören, immerhin verehren diese Barbaren hinreißende Pferdegötzen. Nur eine starke Reiterei kann Barfus noch aus der Patsche helfen. Ihr könnt mir die Pferde geben, und ich bilde die Truppe aus. Bei den Skythen habe ich die Kunst der Kavallerie lange studiert... Kommt hinaus und seht selbst!"

Flennwyfar vergaß für einen Moment ihre Agoraphobie und trat unten vor das Portal. Beim Pferdegatter bestieg Tanzeflot seine Stute und brüllte:
"Seht den Strohballen, dort hinten beim Heuschober! Stellt Euch vor es sei ein Saxe!"

Und schon galoppierte er mit voller Kraft auf den Ballen zu, verfehlte ihn aber mit seiner Lanze um den einen oder anderen Klafter und donnerte gegen den Heuschober. Die Stute überschlug sich zweimal, wobei Tanzeflot wie durch ein Wunder im Sattel blieb, machte kehrt, und der Ritter erwischte im zweiten Anlauf knapp einen hervorragenden Halm des Heuballens. Triumphierend schoß er ebenso schnell auf den König und seinen Hofstaat zu, um sein Pferd aus vollem Galopp kurz hinter dem Platz zum Stehen zu bringen, wo sich die Zuschauer zuvor befunden hatten. Mit einem dreifachen Salto sprang er aus dem Sattel, stand wieder auf und verbeugte sich. Statt des erwarteten Beifalls prasselte zwar fauliges Obst und Gemüse auf ihn nieder, aber er half dem König gelassen aus einer Viehtränke und sprach:

"Gebt mir nur fünfzig Eurer Pferde. Britannien hat keine andere Wahl, als Eure Bedingungen zu akzeptieren: Ich werde auch Eure Tochter mitnehmen. Barfus wird der Heirat zustimmen müssen, ob er will oder nicht!"
Flennwyfars Herz machte einen Freudensprung, als sie diese Worte hörte, und sie begann gellend zu kreischen. Nicht wegen ihrer Agoraphobie, sondern einfach so vor Freude. Sie glaubte natürlich, *Tanzeflot* würde sie heiraten. Ihr Vater feilschte noch eine Weile weiter, um ein paar zusätzliche Mausefallen herauszuholen und verabschiedete dann zufrieden den stolzen Ritter. Zum König brachen sie auf, im Gefolge einen ganzen Troß von hoffnungsfrohen Psychoanalytikern, Therapeuten und Psychiatern, die eifrig Fachliteratur zur Behandlung gestörter Ehepaare studierten.

Als der Hochzeitstermin kam, war auch Worgaime wieder am Hofe Barfus' gesichtet worden. Und so verzichtete man darauf, die üblichen Mengen an Leckerbisse zusammenzutragen. Der Geruch von Barfus' Krönung hing noch leicht im Thronsaal Caesarleons. Auch die Braut kam schließlich an, und man setzte sich eilig zum Hochzeitsschmaus zusammen. Denn jenseits der Grenzen rüsteten sich schon die Saxen zum Angriff. Flennwyfar, die zwischen ihrem vermeintlichen Zukünftigen und Barfus saß, war sich der großen Ehre heute zur Großkönigin zu werden nicht bewußt. Ein bißchen befremdet bemerkte sie, dass unter der Tafel der König und Tanzeflot auf ihrem Schoß Händchen hielten. Aber, so sagte sie sich, warum sollte der junge Tanzeflot in dieser für ihn wichtigen Stunde nicht den Beistand eines Freundes suchen?

Als schließlich Priester Columbo ihre Hand in die Barfus' legte, begriff niemand so recht, weshalb sie diesmal zu kreischen begann. Das Kreischen verstummte erst lange nachdem der von allen bedauerte Pentagon sie auf das Hochzeitslager geschleppt hatte. In Erinnerung an das letzte Festmal hatten die Führer des Reiches diesmal kaum etwas von den Hochzeitsspeisen zu sich genommen, so dass viel unter das Volk verteilt werden mußte, ehe es verdarb. Barfus, der ohnehin sehr beliebt war, stieg noch mehr in der Achtung seiner Untertanen als er verkündete, in Zukunft mit seinen Rittern Turnierkämpfe abzuhalten. Als Training und zum Ruhme Gottes. Die Leute jubelten. Welches Volk wäre nicht begeistert, wenn es zuschauen könnte, wie sich die Ordnungshüter zur Abwechslung einmal gegenseitig die Schädel einschlagen? Die Gelegenheit

Wetten abzuschließen, ließ sich weder Barfus noch sein Volk nehmen. Wie gesagt, er war der geborene Showmaster. Doch das ist eine andere Geschichte...

"Hallo, Flennwyfar. Kennst du mich noch?", zischte Worgaime und sprang mit aufgerissenen Augen und gefletschten Zähnen hinter einer Säule hervor. Die Königin hatte sich am Tag nach der Hochzeit gerade etwas beruhigt. Aber der erwartete Schreikrampf blieb aus.

"Sicher, Worgaime. Tanzeflot hat mir erzählt, dass du hier bist. Als Barfus' Schwester bist du mir willkommen."

"Ja du hast recht. Was soll die Eifersucht um diesen Schönling Tanzeflot... Jetzt bist du bei Barfus gelandet. Vor der Göttin sind alle Frauen Schwestern..."

"Das hört sich lieb an, Schwägerin. Vielleicht etwas heidnisch, da muß ich mal den Priester fragen. Bischof Columbo wird es mir schon erklären."

"Früher wurde die Weisheit der Frauen höher geachtet als das Geschwätz eines Mannes."

"Das war vor meiner Zeit."

"Oh, wie recht sie hat! Bei den Göttern, was für eine Gans!", dachte Worgaime und sagte laut: "Ich freue mich, dass Barfus eine so würdige Gemahlin gefunden hat, die ihm an Weisheit kaum nachsteht."

"Das Streben nach Weisheit ist nichts für einen Christenmenschen, schon gar nicht für eine Frau. Selig sind, die da arm sind im Geiste, brachte man uns im Kloster bei, oder hieß es: geistlos, die da selig und arm sind? Ich bin jedenfalls lieber geistlos als arm."

"Deinem ständigen Gekreische nach zu urteilen, kann es mit deiner Seligkeit wohl nicht zum Besten stehen."

"Der Satan versucht und plagt eben gerade die Edelsten am gemeinsten."

*

Vor der Schlacht gegen die Saxen sollte noch ein großes Turnier abgehalten werden. Zweihundert Strohpuppen, von denen später nicht wenige Ritter aus dem Sattel gerissen wurden, baute man auf dem Turnierplatz auf, Waffenmeister und Pferdeknechte walteten ihrer Ämter. Auch Tanzeflot war damit beschäftigt, seine Stuten in Stimmung zu bringen. Endlich gelang es Worgaime, ihn aufzustöbern. Sie zog ihn ohne Umschweife ins Heu. Seine eifersüchtigen Blicke waren ihr nicht entgangen, als das Brautpaar sich am Vortag zurückzog. Sie glaubte allerdings, diese hätten Flennwyfar gegolten.

"Bin ich dir nicht schön genug, mein liebster Tanzeflot?", fragte sie enttäuscht von seiner mangelnden Inbrunst.

"Das auch...", stotterte Tanzeflot, "...nur zu denken liegt mir fern. Ich möchte nur zuerst diese Stute dort zureiten. Das bringt mich so richtig in Fahrt."

Er sattelte das Tier und galoppierte davon. Genau auf eine Gänseschar zu. Sollte das etwa wieder eine Anspielung auf Worgaimes Nase sein? Das Federvieh flog panisch auseinander, aber ein beherzter Gänseschnabel packte sein Pferd so schmerzhaft knapp über dem Huf, dass es sich jäh aufbäumte. Tanzeflot stürzte aus dem Sattel. Als Worgaime ihn erreichte, lag er in tiefer Bewußtlosigkeit. *388*

"Wo bin ich?", war seine originelle Frage, als er am nächsten Tag in Worgaimes Bett erwachte, "Was ist geschehen?"
"Du bist vom Pferd gefallen."
"Vom Pferd? Ich? Das ist ja lächerlich. Ich falle nicht vom Pferd.", und wieder versank er in tiefer Ohnmacht -bis Barfus kam und seine Hand nahm, da regte er sich: "Barfus?"
"Ich bin bei dir, mein Freund", antwortete der König, und Worgaime glaubte, noch nie so viel Zärtlichkeit in der Stimme eines Menschen gehört zuhaben. Er schenkte dem verletzten Ritter ein mehr als nur bisexuelles Lächeln.
"Wie... wie geht es dem Pferd?", röchelte Tanzeflot mit letzter Kraft.
"Ein paar Prellungen; von den Gänsen wird eine Narbe zurückbleiben. Ich habe den besten Druiden in den Stall geschickt. Nachher wird er auch zu dir kommen."
"Danke, Barfus. Du bist ein wahrer Freund. Denk an meinen letzten Willen. Ich will in einem Pferdestall beerdigt werden...", die dünne Stimme erstarb.
Ebenso auch Worgaimes Interesse. Sollten die schwulen Schwachköpfe doch zusammen glücklich werden! Und das wurden sie auch –allen verklemmten Autorinnen zum Trotz, die noch Jahrhunderte später in dickleibigen Romanen aus homosexuellen Neigungen finstere Geheimnisse machen sollten.

*

Aus unbegreiflichen Gründen blieb die Ehe von Barfus und Flennwyfar kinderlos. Flennwyfar führte dies darauf zurück, dass sie Barfus nicht inquisitorisch genug zur Ausrottung der Druiden drängte. Oder aber auf ihre sündigen Gedanken in Bezug auf Tanzeflot, den besten Freund ihres Gatten. In wilden, erotischen Phantasien malte sie sich wieder und wieder aus, welche sündigen Dinge ihr Gott verboten haben mußte. So unaussprechlich waren diese zweifellos vom Teufel geschickten Obszönitäten, dass sie in der Beichte oft genug zur pantomimischen Darstellung greifen mußte. Die Soutane des Bischof Columbo wurde durch das häufige Waschen immer zerknitterter. Worgaime konnte ihr eine gewisse Anerkennung nicht versagen:
"Sie hat sich gemacht. Aus einer dümmlichen, neurotischen Prinzessin ist

eine dümmliche, neurotische Königin geworden."

"Ich habe Durst.", klagte gerade eine von den Hofdamen, die gemeinsam feines Linnen bestickten, "Darf ich vielleicht gehen und veranlassen, dass man uns einen Krug Wasser bringt, Herrin?"

"Rufe Tai, den Hofmeister. Er wird sich darum kümmern, dass man uns hier einen Brunnen gräbt.", meisterte Flennwyfar die Situation höchst originell. Die Damengesellschaft genoß einen schönen Blick über das Land, da sie sich auf dem Dach des höchsten Burgtürmchens befand -nur den weiten Himmel über sich. Flennwyfars Agoraphobie hatte nach erfolgreicher Therapie gerade einer Klaustrophobie Platz gemacht.

"Heidnische Zügellosigkeit! Wenn ich König wäre, würde ich in meinem Reich diese lasterhaften Sauereien nicht dulden! Und das solltest du auch nicht! Tu endlich, was ein christlicher König längst getan hätte: Jage die Druiden aus dem Land und diese unheilige Insel Schwavalon in die Luft." Barfus zog unbehaglich die Bettdecke über sich.

"Tanzeflot hätte wenig Grund, mich zu lieben, wenn ich seine Mutter zur Hölle schicken würde. Und bei dem Schwert, das sie mir zu meiner Krönung gab, habe ich allerhand geschworen."

"Die alte Triviane landet ohnehin in der Hölle. Liegt dir eigentlich mehr an Tanzeflots Liebe oder an meiner?"

"Auf der Insel leben viele heidnische Völker", wich Barfus erstaunlich geschickt aus, "deren Freundschaft mir ebenso wichtig ist wie das Heilige Schwert Explosibum. Auch die Saxen würden mich gewiß lieben, wenn sie mich kennen würden. Aber jedes Mal, wenn ich mit meinem Heer losziehe um ihre Bekanntschaft zu machen, gibt es eine Keilerei."

"Mir scheint, die Druiden und nicht die Saxen sind unsere Feinde."

"Jetzt sprichst du schon wie Bischof Columbo. Der möchte die Saxen lieber heute als morgen taufen. Aber er kommt ja nie mit, wenn wir ihnen entgegen ziehen."

*

Bald schon drängte es Worgaime, das Leben einer Hofdame hinter sich zu lassen. Ihre Hoffnung, dass Barfus eines Tages erst die Saxen und dann die Christen vertreiben würde, hatte sich beim Lauschen an seiner Schlafzimmertür verflüchtigt. Es zog sie in Richtung Schwavalon, denn Triviane war alt geworden, und der Tag der versprochenen Machtübernahme war nicht mehr fern. Vielleicht näher als Triviane glaubte, schmunzelte sie bei sich, als sie mit der Lautlosigkeit eines Meuchelmörders aus Caesarleon schlich. Um in Übung zu bleiben, legte sie ein paar Wachposten um.

*

Im Sommer des nächsten Jahres sammelten sich die Saxen vor der Küste. Barfus und seine Ritter verbrachten das ganze Jahr damit, sich zusammen zu rotten um sich Mut anzutrinken. Anders als Otter Pentagon war Barfus zu dumm, sich bei Beginn einer Schlacht ungesehen in die hinterste Linie zu schleichen. Daher trug er eine schwere Verwundung davon, die ihm ein säxischer Häuptlingssohn mit seiner Fahrradkette zufügte. Doch sein unerschütterlicher Glaube an die blutstillende Wirkung der magischen Scheide und der gefürchtete Ruf des magischen Schwertes Explosibum, das, wie die Legende berichtet, antimagnetisch und stoßgesichert war, brachten ihn wieder zurück in das Bett Flennwyfars. Diese hätte dort zwar lieber Tanzeflot gesehen, pflegte ihren Gemahl aber aufopferungsvoll so manche Viertelstunde, die sie nicht mit Essen, Schlafen oder Kreischen verbringen mochte.

*

"Ich muß unbedingt den magischen Spiegelsee überholen lassen!", fluchte Triviane, die in ihrer leichtesten Sommerkleidung hustend und niesend durch Eisregen und Hagel eines schweren Unwetters ritt. Ballon, ihr ältester Sohn, hatte sie zu einer angenehmen Aufgabe in das Haus seiner Pflegeeltern bestellt. Seine Pflegemutter Chinchilla lag mit Magenkrebs im Bett und der behandelnde Druide konnte sich nicht zur Operation entschließen. Da Euthanasie immer zu Trivianes Hobbys gezählt hatte, ließ sie sich nicht lange bitten. Schließlich war sie Vorsitzende der Gesellschaft für inhumanes Sterben. Chinchilla sah wirklich recht ungesund aus, und nur sie selbst gab sich noch Hoffnungen bezüglich ihrer Lebenserwartung hin. Adoptivsohn Ballon und sein Ziehbruder Bouillon, baten Triviane, der Mutter weitere Leiden zu ersparen. Gemeinsam flößten sie ihr den schnell gemixten Giftsud ein. Während Chinchilla ihre letzten Röchler tat, studierte Triviane noch einmal die Röntgenbilder.
"Magenkrebs!", murmelte sie, "So ein Pfuscher. Erkennt noch nicht mal eine Blinddarmentzündung. Die Druidenausbildung ist auch nicht mehr das, was sie mal war."
Die Familie war untröstlich, als sie erfuhr, dass die Lebensversicherung im Falle böswilliger Vergiftung nicht zur Zahlung verpflichtet war. Vor allem Bouillon entwickelte einen unbezähmbaren Haß auf die Giftmischerin, die lachend davon ritt...

*

Auf die Dauer wurde die ständige Kreischerei selbst Flennwyfar etwas zu eintönig und sie bemerkte auf einmal, dass der Christenkönig Barfus mit einem heidnischen Echsenbanner herum zu dackeln pflegte. Die gelbe Blindschleiche auf kariertem Grund konnte unmöglich dem Geschmack des Allmächtigen entsprechen. So machte sie sich daran, dem britannischen Reich ein neues Wahrzeichen zu sticken: Ein grün-violett gepunktetes Kreuz auf geblümten Grund, das einer rosa Schlange quer im Maul steckte und einen orangefarbenen Apfel aufspießte. Dies schien ihr für ein Christenland viel angemessener.

Eines Nachmittags schneite wie zufällig Phaliesin herein, der Ehrwürdige Märklin. Flennwyfar überlegte noch, ob sie den alten Heiden und Teufelsanbeter zu sich vorlassen sollte, da hatte er schon Platz genommen und mit den Worten "Möge der Ewige dich segnen!", ein Stück Kuchen in seinen Mund geschoben. Da nicht ganz klar war, ob er sie meinte oder das Gebäck, bekreuzigte die Königin sich. Der alte Druide hatte die Gitarre quer auf den Knien und wie immer eine grünliche Gesichtsfarbe. Sein groteskes schwarzes Zaubererhütchen schien mehr denn je darauf zu warten, dass jemand ein struppiges Kaninchen hervorzöge, auf dass es sich auf dem Teppich erbräche. Doch Phaliesin nahm stattdessen drei Löffel Zucker in seinen Tee.
"Ihr stickt Barfus eine neue Standarte?", fragte milde der Märklin, obwohl er natürlich über alles schon genau Bescheid wußte.
"Warum fragt Ihr noch, wenn ihr über alles natürlich schon genau Bescheid wißt? Barfus soll unter einer christlichen Standarte die heidnischen Saxen foltern, massakrieren und zerstückeln! Kein druidischer Lappen soll diese Ehre entweihen."
"Etwas so Schönes", seine Hand fuhr über das kunstlos bestickte Tuch, "das mit solcher Liebe gemacht ist, kann ich doch nicht verdammen? Aber es gibt Menschen, die das Echsenbanner ebenso lieben, wie Ihr das Kreuz Christi. Zum Beispiel die Blindschleichenschutzgruppe der Jugend für Naturbeobachtung..."
"Nicht mehr lange! Weht erst diese Standarte, dann werden die heidnischen Bräuche bald verschwinden."
"Apropos heidnische Bräuche, habt ihr nicht Lust, mal nach Schwavalon zu kommen? Ich organisiere gerade ein Fantasy-Rollenspiel und uns fehlt noch eine verkrachte Pädagogikstudentin."
"Für diese Rolle müßt Ihr Euch jemand anderen suchen. Ich werde mich nicht mit lasterhaften Vergnügungen einwickeln lassen!"
"Eure Frömmigkeit ehrt Euch, Großkönigin. Doch versprecht mir, nicht gegen den Willen Barfus' den Flaggenwechsel vorzunehmen."
Dies meinte Flennwyfar ohne Schaden versprechen zu können, denn über ihren Gemahl hatte sie mehr Macht als alle Hexer der Welt. Aber auch

57

der Märklin wollte nun Barfus gehörig einheizen. *493*

*

"Barfus! Herrscher von Britannien!", donnerte eine mächtige Stimme. Tanzeflot, Chauwaine und der Großkönig fuhren erschrocken aus ihrer Lektüre von Prinz-Eisenherz-Comics auf. Wie aus dem Boden gewachsen stand plötzlich der Märklin vor ihnen im Tafelrunden-Clubraum. "Du hast gelobt, den Anweisungen der Heiligen Insel Folge zu leisten! Du wurdest auserwählt, die Stämme, das Alte Volk und die restlichen Idioten zu vereinen und unter dem Echsenbanner gegen die Saxen zu führen! Und nun muß ich hören, du willst statt unter der gelben Blindschleiche unter einer aufgespießten Schlange in den Kampf ziehen? Hältst du das vielleicht für tierlieb?" "Phaliesin, Großvater, laßt es gut sein...wir alle hier sind mittlerweile brave Christen. Und es ist doch bloß ein bunter Fetzen... nehmt lieber ein paar von unseren Gummibärchen, bestes Großväterchen." Die Erwähnung ihrer verwandtschaftlichen Beziehung brachte den alten Druiden zwar etwas aus dem Konzept, aber er fuhr nahezu unbeirrt fort: "Äh, hm... sicher, das Banner ist nur ein Zeichen. Und ein Zeichen ist nichts, während die Wirklichkeit alles ist. Ein Zeichen von Wirklichkeit ist, dass alles ist. Und zwar wirklich. Oder Zeichen. Wie dem auch sei: Das Schicksal wird es nicht zulassen, dass eine missionarische Hysterikerin die uralten Religionen in die Knie zwingt. Achte auf die Zeichen, die dir zuteil werden, Barfus!"

Das Licht in dem Kellerraum erlosch schlagartig. In der nachtschwarzen Finsternis begann mit drohendem Zischen ein heller, weißer Stern zu strahlen. Unheimlich sprühten die Funken in alle Richtungen als er begann wie ein Irrlicht zu tanzen. Blitzschnell hüpfte der kleine Feuerball hin und her und zeichnete dabei weißglühende Buchstaben in die Luft. N-E-I-N-- B-A-R-F-U-S konnte man entziffern, dann brach die Botschaft mit einem schaurigen Brüllen ab, das direkt aus den tiefsten Abgründen der Hölle zu kommen schien. Phaliesin hatte sich an seiner Wunderkerze verbrannt.

Als er wieder Licht machte, mußte er feststellen, dass sein Hokuspokus umsonst gewesen war. Barfus, der Angst im Dunkeln hatte, hockte mit zusammen gekniffenen Augen unter dem Tisch, Tanzeflot war in Ohnmacht gesunken und Ritter Chauwain machte zwar große Augen, war aber des Lesens nicht mächtig. "Das Schicksal scherzt nicht.", der Märklin hatte den verbrannten Finger im Mund und rollte bedeutungsvoll die Augen. Er fragte sich, ob der

Kaninchen-Sketch mehr Wirkung gehabt hätte.

"Aber Flennwyfar auch nicht", jammerte Barfus, "gegen das Weib kämpfen selbst die Götter vergebens! Du bist hier im Auftrag der Großen Göttin! Du mußt doch verstehen, dass ich meinem Eheweib den kleinen Wunsch nicht abschlagen kann! Sie ist doch so fromm und meint es gewiß nur gut."

"Die Christen hegen finstere Pläne. Heute mokieren sie sich über unsere Menschenopfer, morgen werden sie uns auf Scheiterhaufen verbrennen. Wenn du deine gestörte Ehe retten willst", hier kam ihm seine langjährige Erfahrung in der Paartherapie zugute, "dann darfst du Flennwyfar nicht immer alles recht machen. Du mußt auch daran denken, dich selbst zu verwirklichen!"

"Nun gut, ich will versuchen, was ich kann. Außerdem erinnere ich mich an irgend so eine Geschichte mit einem Heiligen Eid... wirklich keine Gummibärchen? Karibo macht Kinder froh und Druiden ebenso!"

Bei den Feen....

Worgaime war lange durch die Nebel geirrt, um auf dem Landweg nach Schwavalon zu gelangen. Doch in der Zwischenzeit waren neue und immer bessere Befestigungsanlagen, Fallgruben und Nebelwerferbatterien installiert worden. Die Tickets für die Heilige Barke waren ihr abhanden gekommen, und so war sie erst einmal ratlos. Der Morast blubberte, die Kröten quakten und der Nebel wallte um sie herum, dass es für jeden Fantasy-Fan eine Freude gewesen wäre. Sie aber, bar jeden Sinnes für Naturschönheiten, dachte nur daran ins Druidenhauptquartier zu gelangen, als plötzlich -wen hätte es in dieser Landschaft gewundert?- ein seltsames Wesen auf sie zu trat. Ein Männlein, klein und dunkel wie das Alte Volk, trug eine grünlich glosende Fackel heran. Es war bekleidet mit einem viel zu großen Blazer aus beflecktem Dachsfell. Über seiner karierten Weste hing eine fummelige rotglänzende Krawatte, die man im ersten Moment für seine Zunge halten mußte. Auf der Afro-Frisur ruhte ein Kranz aus bunten Plastikblättern. Worgaime öffnete eben ihre Tasche um mit den Worten "Aha, so sehen sie also aus, diese sagenumwobenen Feen" ein besonders schmerzhaftes Mordinstrument heraus zu nehmen, da sprach das Wunderwesen sie an:
"Irgendwelche anmeldungspflichtigen Waren, Waffen oder Funksendeanlagen? Ja? Dann folgen Sie mir bitte unauffällig."

Neugierig geworden, betrat sie das Märchenreich der Feen, wobei sie aufmerksam nach militärischen Einrichtungen spähte. Ohne ein Gebäude betreten zu haben, standen sie urplötzlich auf einem großen Platz im Freien. Die seltsamsten Charaktere wimmelten durcheinander. Sie sah viele plastiklaubbekränzte Glatzen, modisch durchlöcherte Gummimäntel, Brautkleider aus nietenbeschlagenem Leder, mit Peace-Zeichen gespickte Patronengurte, seitlich geschlitzte Mönchskutten nebst Netzstrümpfen, kurz: es war ein stinknormales Punkkonzert.

"Wo bin ich hier?", fragte sie einen harmlos aussehenden Scharfrichter mit einer gewaltigen Henkersbeilattrappe.
"Dies ist die Burg Cheerio! Feiere mit uns, Worgaime! Laß ab von kindischen Machtphantasien! Scheiß auf Schleim, Karriere, Eigenheim! Sei du selbst. Flipp aus. Don't dream it, be it! "

Mit diesen Worten setzte eine mitreißende Musik ein, und der Scharfrichter rockte davon. Auch Worgaime fühlte ein seltsames Zucken in den Beinen, dem sie in nie gekannter Ekstase nachgab und voll auf die Schnauze fiel.

Wieder zog Worgaime müde durch das Land. Sie fragte sich, wieviel Zeit sie wohl außerhalb der Wirklichkeit verbracht hatte. Die Ereignisse mochten an ihr vorüber gezogen sein, wie an einem Leser dicker, weitschweifiger Fantasy-Schinken. Halb im Traum stolperte sie die ehemals wohlbekannte Straße nach Caesarleon entlang, die aber mittlerweile vierspurig ausgebaut war. Da vernahm sie hinter sich ein lange nicht gehörtes Quietschen, das schnell näher kam. Der Barde und Märklin-Anwärter Kelvin rollte in seinem Rollstuhl heran.

"Worgaime!", rief er, durchaus nicht angenehm überrascht, "Ihr wart solange verschwunden! Triviane fürchtete schon, Ihr wäret tot. Wo wart Ihr?"

"Ich weiß es nicht genau... sagen wir mal: Im Reich der Feen... Welches Jahr haben wir heute?"

"Sollten die alten Sagen von der verlorenen Zeit etwa stimmen, die warnen, dass die Beschäftigung mit Feenreichen und ähnlichem Unsinn einen aus der Wirklichkeit entwurzelt und politisch total hinterm Mond leben läßt? Dann wißt Ihr noch nichts über die schrecklichen Ereignisse seit Eurem Verschwinden? Barfus hat Schwavalon verraten. Kurz vor der alles entscheidenden Schlacht am Berg Ballyhoo, die Armeen waren schon fast von den Saxen eingekreist, ließ er das Echsenbanner einholen und forderte die Truppen auf, unter dem christlichen Kreuz anzutreten. Da es zum Rückzug für die meisten der Stämme und des Alten Volkes zu spät war, blieb ihnen nichts anderes übrig. Ritter Chauwaine fiel den Saxen mit den Männern seines Vaters, des alten Mork von Orkni, in den Rücken. Mork selbst war verhindert. Ein Barbier hatte ihm die Kehle durchgeschnitten; irgend eine Streiterei um Rasierwasser. Die Saxen wurden vertrieben, aber Schwavalon ist weiter davon entfernt als je zuvor, die Christen zu besiegen. Bei Jesus, Worgaime, ich glaube fast, es ist langsam Zeit für einen kleinen Frontenwechsel."

"Wir werden sehen was noch zu retten ist. Laß uns nach Caesarleon gehen."

"Caesarleon? Barfus' Tafelrunde residiert jetzt auf Blameflop, der von ihm erbauten Burg. In Caesarleon ließ sich der Geruch von Erbrochenem einfach nicht beseitigen."

Die Priesterin der Großen Göttin nahm auf dem Schoß des verkrüppelten Barden Platz, nicht ohne seine noch funktionstüchtigen Organe zu würdigen, und sie rollten schnell gen Blameflop, der sagenhaften Feste König Barfus'. Als sie in Sicht kam, staunte Worgaime wie wenig

Fortschritte die Architektur seit dem Untergang der Alten Völker von Urg und Gurgelfess gemacht hatte. Immerhin war die vermurkste Burg aber strategisch listig auf einem Hügel erbaut. So konnte man im ebenen Land herannahende Räuberbanden schnell sichten, wenn diese zu dumm oder zu langsam waren, sich nachts anzuschleichen.

*

Flennwyfars Probleme waren trotz vielfältigster Psychotherapien im Großen und Ganzen die gleichen geblieben: Noch immer litt sie unter Heiserkeit und Verstopfung, noch immer hatte sie Barfus kein Kind geboren. Gelegentlich beglückte sie den Gemahl mit einer hysterischen Schwangerschaft. Gerade hatte sie Bischof Columbo einen teuflischen Traum gebeichtet, der ihr aber doch im Schlaf mehrere Orgasmen beschert hatte: Worgaime hatte ihre Hand genommen und sie zu den Belltanefeuern gezerrt. Dann wurde ihr befohlen, mit Tanzeflot kaum beschreibbare Dinge zu tun. Solcherlei Träume heidnischer Orgien quälten die Königin schon lange, und deshalb schritt sie unnachsichtig gegen die keltischen Fruchtbarkeitsbräuche ein. Beziehungsweise, sie ließ Barfus einschreiten. Diesmal hatte er eine Woche vor Belltane den Handel mit Streichhölzern und Kondomen verbieten müssen, wie sie sich tief befriedigt erinnerte. Ein harter Schlag für die Druiden...

Sogar Tanzeflot, dem bestgekleidetsten Pferdenarren am Hofe des Großkönigs, waren Flennwyfars Neigungen nicht verborgen geblieben, zumal Bischof Columbo wie alle Beichtväter und Therapeuten abends beim Bier so manches zum Besten gab. Und doch brauchte Tanzeflots geliebter Freund Barfus, der natürlich ebenfalls informiert war, Monate und Jahre, um den getreuen Ritter von dem Vorhaben abzubringen, *nicht* mit Flennwyfar das Lager zu teilen.
"Sie ist eine Frau, na und? Sind das deine Stuten etwa nicht?", so lallte Barfus, als die beiden nach einem Saufgelage nach Hause torkelten, "Ein flotter Dreier wird dir gefallen." *573*

Und so kam es auch. Doch Flennwyfar war immer noch nicht voll befriedigt, und auch Bischof Columbo meinte, von *so* einer sündigen Ausschweifung hätte sie weiß Gott mehr erwarten können.

Der Ritteralltag auf Blameflop war leicht und angenehm. Keine feindlichen Heere näherten sich den Grenzen und ringsum lagen nur friedliche Länder, die anzugreifen zu gefährlich oder nicht lohnend genug war. So vertrieben sich die Recken den Tag mit Gelagen und Turnieren, die fit hielten und das Volk belustigten. Nachts standen sie vor einem großen Spiegel, verglichen die Bizeps, und wetteten, wer die furchteinflößendste Grimasse schneiden konnte. Wann immer ein neues Gesicht bei den Turnieren auftauchte, wurden auf der Tribüne König Barfus' Wetten abgeschlossen.

"Seht nur, wie gut er sich schlägt!", brüllte einmal Ritter Chauwaine, dessen jüngerer Bruder Garret gerade debütierte.

"Phantastisch!", grölte Barfus, "Wenn er so mal einen Gegner träfe, hätte der nichts zu lachen."

Einstweilen lachte sein Kontrahent, der Rote Ritter Bilisekit, sich halbtot. Den Rest gab ihm, dass der wie immer modisch gekleidete Tanzeflot sich elegant über den Rand der Prominententribüne schwang. Kaum wieder aufgestanden, rannte Tanzeflot mit einem Holzschwert auf den Kampfplatz, um den Bruder des Freundes zu testen. Flennwyfar jauchzte vor Freude, als ihr Held mit einer formvollendeten Parade den Grünschnabel Garret herausforderte.

"Du bist zu gut für diese Burschen!", schrie er dem Anfänger zu, den er um zwei Köpfe überragte, "Versuche dich an mir, dem Obersten der königlichen Reiterei!"

Beim letzten Wort hatte Garret ihm schon das Schwert aus der Hand geschlagen. "Moment, Moment. Es war ja noch gar nicht angepfiffen. So, jetzt kann's losgehen."

Die beiden umkreisten sich eine Weile, bis Tanzeflot plötzlich niederging und täuschend echt einen epileptischen Anfall simulierte. Verstört beugte sich Garret über den berühmten Ritter. Aber schon hatte Tanzeflot ihm eins über gebraten und ihm nicht nur sein Holzschwert, sondern auch die Geldbörse abgenommen.

"Du mußt noch viel lernen, mein Junge.", sagte er kameradschaftlich, wobei er seine rote Baseballmütze wieder aufsetzte, "aber das war schon ganz gut. Immer am Ball bleiben!"

Auf der Tribüne empfing ihn eine gutgelaunte Flennwyfar, die sich endlich einmal an den Wetten beteiligt hatte. Seine Freunde Barfus und Chauwaine zählten ihr gerade ein hübsches Sümmchen in die Hände. Nicht umsonst nannte man Tanzeflot den besten Ritter des Königs. Flennwyfars Laune verschlechterte sich leicht, als auf dem Heimweg zur Burg ein schüchterner kleiner Unhold an sie herantrat.

"Entschuldigung, edle Großkönigin, mein Name ist Garreagrant. Euer Vater, der König Deodoranz, ist wie Ihr wißt sein Leben lang ohne Sohn geblieben. Stimmt das?"

"Sicher, Garreagrant. Jeder armselige Stallknecht auf Deodoranz' Inseln weiß das. Also sicher auch du!"

"Ich weiß es sehr wohl, aber der König nicht! Meine Mutter war einige

Zeit gezwungen, sich in Deodoranz' Hauptstadt als Prostituierte zu
betätigen. Und nun, wo sein Ende herannaht, behauptet Euer Vater, ich
sei sein unehelicher Sohn! Nur um mir sein bankrottes Königreich nebst
Schuldenbergen in die Schuhe zu schieben. Helft mir, das Gegenteil zu
beweisen!"
"Ach so ist die Lage... Tut mir Leid, Brüderchen, keine Zeit für solchen
Unfug! Wenn ich mich recht erinnere, hat das Inselreich unseres Vaters
auch beim Hofe Barfus' noch astronomische Schulden. Wie wär's, wenn
du mir gleich den Ring dort als Anzahlung dafür gibst?"
Der Unhold namens Garreagrant heulte auf und verschwand zwischen den
Melonen eines Gemüsestandes.
"Wer war denn das?", fragte Tai, der Hofmeister und Ginseng von
Blameflop. "Mein lange verschollener Bruder. Er brachte die Nachricht,
dass mein Vater erkrankt ist. Der Ärmste wird wohl bald für Vaters
Schulden aufkommen müssen!"

*

Doch auch abstraktere Dinge bewegten zuweilen die Bewohner von
Blameflop. Den helleren unter den Recken König Barfus' war nicht
verborgen geblieben, dass dem ständigen Gemetzel mit Saxen und anderen
Heiden eine irgendwie geartete Problematik zugrunde lag. Die
herrschende Lehre des Christentums wurde nicht von allen kritiklos
übernommen. Einmal traf Worgaime den edlen Tanzeflot auf den
Burgzinnen in das vertieft, was bei Rittern als Gedanken galt.
"Ich würde so gerne glauben, Worgaime. Die Religion könnte meinem
Leben vielleicht den Sinn geben, den mir meine Pferde oft verweigern!
Warum sind wir gezwungen immer zu morden, zu plündern und zu
foltern? Kann uns Gott denn keine Antwort geben? Oder wenigstens
bessere Waffen? Ich grüble und grüble! Aber meist habe ich den
Eindruck, alle Religionen sind ein Komplott gegen die Gläubigen."
"Alle Götter sind ein Kompott, wie die Göttin sagt. Auch die Christen
verehren nur den Großen Einen. Oder wenigstens einen Großen."
"Worgaime, Worgaime, liebe Base, wie kann ich nur an einen solchen
Gott glauben, der seine Bischöfe derart geschmacklos kleidet?", klagte
Tanzeflot, "Aber die Druiden laufen ebenfalls in stillosen Gewändern
herum, wenn diese meist auch weniger zerknittert sind."

Das Röhren des Hirschkönigs

Morgrause war älter geworden. Seit Morks Tod sehnte sie sich manchmal nach Ruhe und nahm sich nur ein- bis zweimal pro Woche einen neuen Liebhaber. Heute schlief ein Gänsehirte neben ihr, den sie schon erstaunlich oft erwählt hatte. Sollte sie auf ihre alten Tage zur Monogamie finden? Gwyrgelin, den Worgaime nach dem Jungennamen seines Vaters genannt hatte, hatte sich überraschend vielversprechend entwickelt. Er hatte viel von Worgaime und wenig von Barfus. Seine markante Nase hatte niemanden auf das Geheimnis seiner Herkunft gebracht. Mit seinen sechs Jahren las er bereits fließend Latein. Leider fand sich die einzige lateinische Inschrift im nördlichen Königreich auf einem bronzenen Backgammon-Brett, das ein fahrender Händler einmal angeschleppt hatte: "Cogito ergo sum" Gwyrgelin nahm sie sich zum Anlaß, eine kleine philosophische Abhandlung zu verfassen "Um Schreiben zu üben", die Jahrhunderte später einem gewissen Descartes in die Hände fallen sollte. Doch die Philosophie war im rauhen Norden nicht sehr gefragt, so dass er für seine Ideen zur physiognomischen Ästhetik oft nur eine Gänseschar als Zuhörer gewinnen konnte. Er liebte es, mit den Fischern über die Transzendenz ihrer Netze zu streiten, oder mit den beinahe ebenso wortkargen Fischen darüber, ob Gott Kiemen habe, weshalb Ebbe und Flut als Verdauungsstörung des Universums zu begreifen seien. Anders als Worgaime war er in keiner Weise boshaft... oder war er nur klug genug, diesen Charakterzug zu verbergen? Morgrause vermutete letzteres.

Eigensinnig war er jedenfalls. Wenn er seinen Willen nicht bekam, zum Beispiel der Ziehmutter vor dem Schlafengehen noch einen kleinen Aufsatz über Moraltheologie vortragen zu dürfen, schmollte er und sagte tagelang kein Wort mehr. Statt dessen zog er seinen Kamm hervor und spielte seltsame, expressionistische Waisen, die selbst dem unmusikalischsten Stallknecht Schauer über den Rücken jagten. Nachdem eine Schar Ziegen, die seinen Melodien ausgesetzt war, nur noch blaue Milch gab und nicht mehr in der Lage war, sich anders als rückwärts hüpfend von der Stelle zu bewegen, zog man es vor, seine Traktate über sich ergehen zu lassen. Schließlich entschied sich Morgrause, Triviane eine Botschaft zu senden, worin sie beklagte, der Kleine finde hier nicht genügend Anregung, um seine Talente zu entfalten. Bald traf eine Abordnung aus Schwavalon ein.

"Triviane! Du bist selbst hier hinauf gekommen?", Morgrause lief dem kleinen Grüppchen entgegen, damit ihre Bediensteten Zeit gewannen, die Wertsachen zu verbergen. Eine Sänfte für die Herrin der Insel, ein paar Ponies mit Leibwächtern, Novizinnen und Druidenzöglingen sowie ein Rollstuhl mit Kelvin, der inzwischen den Posten des Märklin aus Phaliesins greiser Greisenhand gerissen hatte, quälten sich durch den Schlamm. Mit der Macht Schwavalons schien auch Trivianes Gesundheit zu schwinden. Oder umgekehrt; ihre altersweitsichtigen Augen und ihr Parkinsontremor machten es ihr wahrscheinlich nicht leichter, Generalstabskarten zu lesen und Voodoo-Püppchen zu kneten.
"Ich hatte das Verlangen, dein Gesicht einmal wieder zu sehen, liebste Schwester. Eine Wachsnachbildung würde mir sonst allzu unähnlich geraten.", lachte die Herrin vom See, "Wir haben Großes zu besprechen. Doch zunächst sind wir hungrig von der weiten Reise."

An der festlich gedeckten Tafel speiste man frisch gefangene Fischstäbchen, mit feiner Fertigkräutersoße bekleckert. Kein Wunder, dass Kelvin bald in Stimmung kam, ein wenig in die Saiten zu greifen. Doch schon hatte ihn der junge Gwyrgelin zur Erleichterung aller in eine musiktheoretische Diskussion über die Unzulänglichkeit von Rhythmus und Melodie verwickelt, die einfach nicht zur Farbe seines Banjos passten.
"Ich hatte nicht erwartet, hier im Norden soviel ungefragten Sachverstand zu finden...", kam der Große Barde endlich zu Wort. Morgrause, die sich in ihrer Provinzialität und Kulturlosigkeit auf einmal unglaublich provinziell und kulturlos vorkam, lenkte das Gespräch in weniger abstrakte Bahnen:
"Wie kommt es eigentlich, dass Ihr die Würde des Märklin tragt, edler Kelvin? Ist der alte Barde etwa dem Biß eines tollwütigen Kaninchens zum Opfer gefallen?"
"Brechdurchfall war es, woran diese litten, Königin Morgrause -bei der Gelegenheit übrigens ein Lob der Küche Eures Hauses! Nein, der ehrwürdige Phaliesin ist zur Zeit sehr beschäftigt. Ein langwieriger Rechtsstreit um Schadensersatz wegen eines Kunstfehlers seines Frischzellentherapeuten, der ihn weit weg führte. Gemeinsam mit einem anderen verkalkten Kunstbanausen namens Ganzalf verklagt er die Druidenkammer von Mittelmäßigerde."
"Genug des trivialen Geschwafels!", Triviane riß wie gewohnt das Gespräch an sich, wobei sie das Schoßhündchen ins Feuer warf, welches sie als Serviette benutzt hatte.

"Du", fuhr sie fort, und deutete mit dem Finger auf Gwyrgelin, der vergeblich versuchte, sich hinter einem Bierkrug zu verstecken, "kommst mit uns nach Schwavalon. Ein großes Schicksal wartet auf dich!"
"Ich bin eigentlich kein großer Freund von Schicksalsromanen...", stotterte der Knabe gewitzt, "...obwohl die literaturwissenschaftliche Seite natürlich nicht uninteressant sein muß..."
"In deinen Adern fließt das edle Blut von Avalon! Adlige Aufgaben warten auf dich!"
"Die Aristokratie habe ich immer kritisch gesehen..."
"Du bist der Sohn von Barfus Pentagon. Nach seinem Tod, den wir demnächst herbeiführen werden, wirst du den Thron des Verräters besteigen. Du wirst Großkönig von Britannien!"
"Oh! Einen Moment bitte", murmelte Gwyrgelin und verschwand im Nebenzimmer, stolperte an seinen Schreibtisch, wühlte in seinen Unterlagen und warf einige Schriften über Freiheit, Gleichheit, Brüderlichkeit sowie die Konstruktionszeichnung einer Guillotine ins Feuer.
"An sich liegt mir nichts an Macht oder Politik", meinte er kurz darauf bescheiden, "aber wenn es nun einmal sein muß, so soll ein Philosoph an der Spitze des Staates stehen! Und sei es auch nur um zu beweisen, dass so etwas in die Hose geht."
Zur Bekräftigung erhielt der arme, geistig bislang unterforderte Gwyrgelin ein großzügiges Druidenstipendium auf Schwavalon. Nicht zuletzt, damit der nächste Großkönig ganz gewiß nicht christlicher Indoktrination anheimfallen würde.

*

Als Triviane Blameflop viele Monate später erreichte, wo sie Barfus gehörig den Marsch der Großen Göttin blasen wollte, suchte sie als erstes Worgaime auf. Die hatte sich inzwischen wieder einen Platz als Hofdame Flennwyfars gesichert, obwohl sie als gottlose Zauberin galt.

"Wie ich sehe, lebst du hier wie eine Christin, Worgaime!", sagte sie scharf, "Was meine Spione mir berichten, hat mich in den letzten Jahren nicht gerade glücklich gestimmt. Barfus steht unter dem gläsernen Pantoffel dieses hysterischen Aschenputtels. Es wird Zeit, dass die Leute erfahren, was ihr christlichster aller Könige mit seiner Schwester getrieben hat. Rein zufällig habe ich ein Foto von euch beiden gemacht. Das Pfingstfest morgen ist ein guter Moment dafür! Danach lassen wir die Bombe mit seinem Sohn platzen. Mal sehen, ob Barfus dann immer noch unter dem Banner des gekreuzigten Bratapfels reiten kann. Die Leute werden sich von ihm und vom Christentum abwenden... in ein paar Jahren steigt Gwyrgelin auf den Thron!"

"Tante! Die Leute sind bereits christlicher als deine Spione dir zu berichten wagten. Sie werden Barfus und mich verjagen und einen Christen krönen! Alles wäre verloren."

"Die Menschen müssen wieder lernen, heilige Dinge nicht als Schande zu empfinden."

"Die Christen haben alle Macht im Land...", versuchte sie es noch einmal, aber sie ahnte, dass Triviane endgültig dem Wahnsinn verfallen war.

Noch am gleichen Abend suchte Worgaime einen Ritter namens Bouillon auf, um mit ihm zu besprechen, wie er eine alte Rechnung begleichen könne. Wenn die Erbfolge Schwavalons dabei etwas beschleunigt würde, käme ihr das nicht ungelegen. *631*

Das Pfingstfest war am christlichen Hofe König Barfus' ein Hoher Feiertag, da es zugleich als Jahrestag der großen Schlacht am Berg Ballyhoo gefeiert wurde. Triviane saß als Tante des Großkönigs an der Festtafel und trug zwei gewaltige Vergrößerungen eines sehr kompromittierenden Fotos bei sich, sie wollte allerdings noch warten, bis die Feier ihren Höhepunkt erreicht hatte. Einstweilen gaben die Recken des Königs noch Geschichten und Herrenwitze zum Besten. Chauwaine, der stattliche Älteste von Morgrause, der als zweitbester Ritter nur seinen König und nietenbeschlagenes, schwarzes Leder liebte -für alle anderen Dinge, insbesondere Frauen, fand er kaum ein geringschätziges Lächeln-, erzählte gerade noch einen Blondinenwitz:

"...denn hätte man je gehört, dass einer gehört hätte, es hätte eine Intelligente gegeben? Nein, hat man nicht gehört, dass einer gehört hätte!"

Alles brüllte vor Lachen, auch das glockenklare Kichern der Königin riß nie ab, wenn diese lustigen kleinen Geschichten erzählt wurden. Niemand hatte ihr je erklärt, dass es so etwas wie Pointen gab. Die blonde Ghislaine, die ein gnädiges Schicksal an die Seite Flennwyfars gestellt hatte, um zu verhindern, dass billige Vorurteile allzu leicht gefestigt würden, rümpfte allerdings nur die Nase und fuhr fort über ihren frisch angetrauten Gatten herzuziehen.

"Im Bett? Sprechen wir nicht davon! Aber gleich in der Hochzeitsnacht wollte er Kinder von mir! Zum Glück konnte ich ihn überzeugen, dass diese zu jung wären."

Die königliche Familie schöpfte rituell aus dem einzigen nichtchristlichen Kultgegenstand, der auf Blameflop noch geduldet wurde, weil er fabelhaft zum Besteck passte: Der Heiligen Terrine. Einst von den Druiden der Heiligen Insel überreicht, war sie heute letztes Symbol der vereinigten Macht von Heiden und Christen Britanniens. Die sakrale Fleischbrühe war erst zur Hälfte geleert; alle waren noch nüchtern genug, als Triviane sich erhob und ums Wort bat.

"Barfus!", sprach sie, "Was in Britannien vor sich geht, mißfällt Schwavalon in den letzten Jahren mehr und mehr. Bigotte Pfaffen werden den Druiden vorgezogen, obwohl du gelobt hast, beide gerecht zu behandeln. Du hast von Schwavalon das Heilige Schwert Explosibum erhalten, um die Saxen zu vertreiben. Du hast der Heiligen Insel das wichtigste Ereignis deines Lebens zu verdanken!"

"Mein Coming-out?", fragte Barfus verstört. "Nein, du Meister der Einfalt, deine Krönung zum Großkönig! Und nun, liebe Leute, habe ich euch etwas Wichtiges über euren ach so christlichen Barfus zu sagen!"

Doch man erfuhr nie mehr, was sie hatte sagen wollen, denn plötzlich riß vor ihr das blütenweiße Tischtuch auf und ein wutschnaubender Mann tauchte auf. Er packte die Heilige Terrine und stülpte sie der alten Priesterin über den Kopf. Vor Entsetzen, oder auch aus anderen Gründen wie etwa der Angst, die Suppe könne inzwischen kalt werden, wagte keiner einzuschreiten, bis die Herrin der Insel schließlich aufhörte zu zappeln. Sie war in der Fleischbrühe ertrunken. Ein Tod, der um so entsetzlicher war, als sie sich am Tag zuvor endgültig zum Vegetarismus bekannt hatte. Der Ritter Bouillon -denn er war natürlich der Täter- wurde gefasst. Aber Barfus ließ ihn nicht wie jeden Viehdieb oder Kreditbetrüger foltern und hinrichten, sondern verbannte ihn milde auf ein saftiges Lehen im Süden. Triviane war gestorben, wie sie gelebt hatte: Im Zentrum der Macht.

Man stritt noch eine Weile über den Ort der Bestattung. Bischof Columbo schlug Schwavalon vor, doch der ehrwürdige Phaliesin beharrte auf Glatzoncrazy. So entschied man sich aus ökonomischen Gesichtspunkten für die Insel der Priester.

Worgaime erzählt...

Triviane, die man auch die eiserne Lady nannte, hatte zeitlebens gesagt, sie würde eine Erdbestattung einer Feuerbestattung vorziehen, und beides der Einführung der Demokratie. Nun endete ihr Kampf für eine bessere Welt, und das war in ihrer Vorstellung eine Welt, in der sie unumschränkt herrschte, kläglich in einer Fleischsuppe. Wäre es doch Gemüsebrühe gewesen! Ihre Kleider hätten sich dann reinigen lassen. So wurde sie beigesetzt, wie sie war: Mit einem Soßenlöffel im Mund.

Ich stand nun vor dem Problem, nicht nach Schwavalon zurückkehren zu können, wo ich immer noch die versprochene Macht an mich zu reißen gedachte. Gleichzeitig mußte ich dafür sorgen, dass die Christen nicht noch mehr Vorteile gewannen. Ich wollte Trivianes Plan, meinen Sohn Gwyrgelin den Zweiten auf den Thron des Großkönigs zu setzen, mit mehr Weisheit fortsetzen als sie es vermocht hätte. Doch war Gwyrgelin fähig, diese Verantwortung zu übernehmen? Bei diesem Vater?

Ich hatte ihn seit seiner Geburt nicht zu Gesicht bekommen. Hatte er nicht wie Barfus unter angeborener Geistesschwäche zu leiden, so war eine Kindheit bei meiner Tante Morgrause durchaus geeignet, ein entsprechendes Defizit nachträglich zu erwerben. Was ich von Triviane und Kelvin über Gwyrgelin erfuhr, war glücklicherweise vielversprechend. Zum Beispiel hatte er schon im ersten Monat seiner Druidengrundausbildung einen beträchtlichen Teil der jahrhundertealten Heiligen Magie der Großen Göttin und der Alten Lehren des Ewigen Einen als Hokuspokus und Unsinn durchschaut.

Sorgen machten mir aber auch Phaliesin und Kelvin. Als ich nach Trivianes Tod etwas in Phaliesins Druidenlexikon nachschlagen wollte, entdeckte ich, dass in dem Einband das Werk "De Imitatione Christi" steckte. Im Text war eine Stelle markiert, die sich um die These, mit dem Weib käme alles Böse auf die Welt, drehte. Daneben eine Notiz: "Gute Munition gegen das Matriarchat". Als ich ihn zur Rede stellen wollte, täuschte er einen Defekt in seinem Hörgerät vor. Das Schicksal wollte es, dass man ihn am Tag darauf erwürgt mit dem Kabel desselben auffand. Auch Kelvin wurde immer öfter in Kirchen gesehen und komponierte sogar ein Requiem für Orgel und Banjo. Ich nahm mir vor, seine Treue gebührend zu würdigen, wenn ich erst als Herrscherin auf die Heilige Insel zurückgekehrt war.

Einstweilen blieb ich an Barfus' Hof, um die Christenmacht zu untergraben und mir eine bessere Ausgangsposition für meine Rückkehr nach Schwavalon zu suchen. Im nächsten Winter erfuhren wir, dass Flennwyfars Vater Deodoranz von Gläubigern gelyncht worden war. Auf den Thron wurde ein angeblicher unehelicher Sohn von ihm gehoben: Garreagrant.

Die Botschaft von Garreagrant, die Flennwyfar in ihren zarten Händen hielt, roch geradezu nach Verrat, obwohl der Absender sie stark einparfümiert hatte. Er forderte sein "über alles geliebtes Schwesterherz" auf, das Reich ihres gemeinsamen Vaters Deodoranz, die Langerhansschen Inseln, zu besuchen, um die Konditionen für die baldige Rückzahlung seiner astronomischen Schulden zu besprechen. Ausgerechnet mit Flennwyfar, die von finanziellen Dingen ungefähr so viel Ahnung hatte wie von allem anderen.

Die Königin fühlte sich jedoch sehr geschmeichelt, so dass auch die Bedingung sie nicht mißtrauisch machte, sie müsse allein und unbewaffnet kommen, da wegen Renovierungsarbeiten keine Zimmer frei seien und das Gemüt der Insulaner nicht durch den Anblick von Mordwerkzeugen bedrückt werden dürfe. Sie freute sich sogar über den Erfolg des neuen Königs bei der Zivilisierung ihrer Landsleute, die noch bis vor wenigen Wochen auf allen Weltmeeren als blutrünstige Piraten gefürchtet gewesen waren.

Der ganze Hofstaat warnte sie unzählige Male, der Unhold könne es nur darauf abgesehen haben, sie zu vergewaltigen. Denn auf den Langerhansschen Inseln galt noch ein alter Brauch, wonach ein Thronerbe, wenn es ihm gelang, mit seiner verheirateten Schwester zu schlafen und dabei die Nationalhymne auf einem Akkordeon zu spielen, alle Schulden auf den unglücklichen Schwager abwälzen konnte. Doch Flennwyfar antwortete nur, das würde er nicht wagen, denn sie könne Akkordeonmusik nicht ausstehen, und machte sich auf den Weg. Schon wenige kurze Stunden später befand sich Flennwyfar in Garreagrants Bett, wohin dieser sie unter dem Vorwand, ihr seine Käfersammlung als pfändbaren Gegenstand zeigen zu wollen, gelockt hatte.
"Habt Ihr Eure Käfersammlung in diesem Akkordeon dort?", fragte sie arglos.
"Ihr und Euer Vater habt mich ganz hübsch 'reingelegt. Doch jetzt ist der Spaß aus. Jetzt werde ich Euch vergewaltigen.", und mit diesen Worten packte der Unhold, der Flennwyfar nur bis an die hübsche Brust reichte, ihre getigerte Stola und versuchte sie ihr zu entreißen. "Laßt ab! Ich bin Euch abhold, Unhold!", keuchte die Königin, wobei sie die Stola fest umklammerte. Und so kämpften sie manche Stunde. Schließlich, als Garreagrant krebsrot im Gesicht war und kurz vor dem Aufgeben, sah Flennwyfar ein, dass sie sich in seiner Hand befand. Sie warf die Stola und ihre restlichen Kleider von sich und ergab sich. Aber sie warnte den angeblichen Bruder:
"König Barfus, mein Gemahl, wird mich bitter rächen. Seine Ritter werden Euch zerfleischen wie ein Rudel Hyänen eine Marzipanfrikadelle."

"Wenngleich mir auch die Sache mit der Marzipanfrikadelle nicht gefällt, liebe Flennwyfar, so können doch die Gläubiger Eures Vaters den Vergleich mit einem Hyänenrudel ebenso gut aushalten wie der Hofstaat eures Gemahls."
Mit dieser gewagten Hypothese stürzte er sich auf die Wehrlose und begann dabei entsetzlich falsch auf dem Akkordeon zu spielen. Auch den Rest des alten Volksbrauches erfüllte er nur ungenügend. Während er sich noch mühte, warnte Flennwyfar, die etwas auf der Treppe gehört hatte, ihn ein zweites Mal:
"Die Recken König Barfus' werden Euch zerstückeln, Garreagrant!"
"Ha! Da müssen sie erstmal kommen und mich kriegen!"
"Sie sind schon da und haben Euch."

Bei diesen Worten flog die Tür aus den Angeln, und ins Zimmer trat mit einer imposanten Geste Tanzeflot, hinter sich eine Schar blutrünstig wirkender Ritter. Sekunden später wurde die unbekleidete Königin Zeugin eines packenden Duells zwischen Tanzeflot und dem Brustbein Garreagrants, der von zwei kräftigen Helfershelfern gehalten wurde. Endlich traf Tanzeflot durch Zufall ein lebenswichtiges Organ und die Todesschreie des Verräters brachen ebenso ab wie Tanzeflots Schwert.
"Scheiße.", sagte der Ritter, erinnerte sich dann, dass hinter ihm seine Königin saß und verbesserte sich: "Verdammte Scheiße." Denn er ahnte, was diese jetzt wie immer von ihm begehren würde.

*

I n der Nacht des dunklen Mondes wand sich die Prozession den Berg hinauf, den die druidischen Ringsteine krönten. Alle waren weiß gekleidet, hatten aber schwarze Gesichter und sangen ein Kinderlied im Kanon. Plötzlich waren alle wieder unten, am Heiligen Spiegelsee, worin heute ein Nilpferd mit traurigen Augen Nudeln aß.
"Worgaime, Worgaime, dein Platz ist hier.", sprach das Nilpferd und wies auf einen Plüschsessel der im Schilf zwischen den singenden Priesterinnen stand. Dreizehn rote Raben flatterten im Kreis und lispelten: "Göttin, sie hat uns verlassen."
Goldene Sichelmesser blitzten in ihren Schnäbeln und sie schlitzten die Plüschbezüge auf. Hervor quollen Kalbsschnitzel und ordneten sich zur Form eines Sarges. (683)

Worgaime erwachte schweißgebadet und erkannte, dass sie in einem sonnendurchfluteten Gemach in Perchlorins Burg lag. Von weit her drang durch das Fenster das Krächzen eines Raben, und aus der Küche stieg der Duft panierter Kalbsschnitzel. Eleisen, Perchlorins Tochter, war eine gute

Köchin. Ebenso scharf wie ihre Bratensoße war sie auf Tanzeflot, der mit Worgaime auf die Burg gekommen war. In Perchlorins Land trieb nämlich ein Drache sein Unwesen, den der beste Ritter König Barfus' das Grausen lehren wollte. Worgaime hatte die Gelegenheit genutzt, mit Eleisen ein kluges kleines Komplott auszuhecken, dessen Ziel die Heirat der Tochter Perchlorins mit Tanzeflot war. Hatte sie erst einmal den Leibwächter und Geliebten ihres Bruders vom Hof entfernt, konnte Gwyrgelin leichter zum Sturz Barfus' antreten.

Woche um Woche durchstreiften Tanzeflot und der alte König Perchlorin nun schon die waldigen Hügel. Von dem greulichen Untier fehlte jedoch jede Spur. Genau genommen hatte auch niemand dieses Wesen je zu Gesicht bekommen und alle waren der Ansicht, es handele sich um einen witzigen Einfall Perchlorins, sich um allerlei Unannehmlichkeiten herum zu drücken. Böse Zungen behaupteten sogar, der Drache säße bei Perchlorin zu Hause in Gestalt seiner Gemahlin, und darum würde er ständig seine Wälder durchstreifen. Tatsächlich führte die Königin eine scharfe Zunge und nahm auch kein Blatt vor den Mund, wenn es um ihren Mann ging. Sollte Perchlorin also am Herd sitzen und den Kampf aufnehmen? Stattdessen konnte der König vergnügt in der Gegend herum dackeln und hatte immer die Entschuldigung, es gäbe da noch einen Drachen zu töten. Mittlerweile glaubte allerdings niemand mehr so recht daran. Tanzeflot war über diese Zusammenhänge natürlich bestens im Bilde und gedachte sich ein paar Wochen bezahlten Urlaub mit viel Bewegung an frischer Luft zu verschaffen. Die Begegnung mit übernatürlichen, ja selbst mit vielen natürlichen Dingen hatte bekanntlich eine verheerende Wirkung auf seinen Kreislauf. Perchlorin war begeistert, endlich einmal in Begleitung seine Auen zu durchreiten und sie erzählten sich so manches obszöne Geschichtchen.

Eines Tages rasteten sie an einer waldigen Stelle in einer besonders einsamen Gegend. Unbefangener den je lachten sie über ihre Zoten. Unbemerkt von den beiden alten Kämpen begannen nun aber aus dem trüben Wasser des kleinen Tümpels, an dessen Ufer sie es sich bequem gemacht hatten, grünliche Blasen aufzusteigen... Plötzlich konnte der Drache nicht länger die Luft anhalten. Mit einem gewaltigen Schnauben durchbrach er die Uferböschung und erhob sein wuchtiges Haupt genau zwischen den beiden Rittern, wo diese ihr Picknickdeckchen ausgebreitet hatten. Das Untier reckte seinen meterlangen Hals in die Luft und brüllte schauerlich, wobei es die Männer mit fiesen kleinen Augen aus einem Schädel heraus anstarrte, der einem Mittelding zwischen dem Rachen eines Tyrannosaurus und einer Kirschtorte sehr ähnlich sah. Es handelte sich nämlich um einen Tyrannosaurus mit einer Kirschtorte auf dem

Kopf, dem von Eleisen gebackenen Nachtisch. Die wohl gerüsteten Krieger reagierten blitzschnell. Tanzeflot, indem er in Ohnmacht sank, Perchlorin dagegen begann hastig nach Körnern zu picken, in der Hoffnung das Untier möge ihn für einen Fasan halte, an denen ja nicht viel dran ist. Tatsächlich verschlang das Ungetüm erst einmal die beiden Rösser der Ritter - es hatte dafür schließlich lange genug in dem Tümpel ausgehalten. Dann wollte es sich gerade der Nachspeise zuwenden, als ihm die seiner Widersacher über die Augen rutschte. Der klebrige Kuchen nahm ihm die Sicht so gründlich, dass es angstschnaubend davon raste, blindwütig gegen Felsen und Bäume prallend, um schließlich mit einem grauenerregenden Heulen in einen nahegelegenen Abgrund zu stürzen.

Aus zahlreichen Gruselfilmen dürfte jedoch bekannt sein, dass Monster solcherlei Mißgeschick meist überleben, um in der nächsten Folge wieder aufzutauchen. So auch dieses. Als Tanzeflot wieder zu sich kam, pickte der König immer noch eifrig auf dem Boden herum. Der Ritter der Tafelrunde wollte sich gerade vor Lachen ausschütten, als er die Reste seines sauber abgenagten Sattels entdeckte. Diesmal kam er erst gegen Abend wieder zu Bewußtsein. Er lockte Perchlorin mit etwas Brot von dem Ast, den sich dieser bereits als Schlafplatz ausgesucht hatte, und die beiden traten den langen Heimweg an. Sie hatten eine Nacht und einen halben Tag Zeit, sich eine phantastische Geschichte auszudenken, wie sie den Drachen mit Lanze und Schwert erlegt haben wollten... Leider glaubte ihnen niemand, und erst die Tatsache, dass sie in der folgenden Woche die Burg nicht verließen, sondern die Konversation mit der Königin in vollen Zügen genossen, gab den anderen zu denken. Dann brach ein anderes Schicksal über Tanzeflot herein: Die weibliche List...

Worgaime war nun mit ihren Vorbereitungen fertig und hielt den Zeitpunkt für gekommen. An diesem Abend wollte sie dem edlen Recken ein Aphrodisiakum in sein Verdauungslikörchen praktizieren. Bald darauf sollte ein falscher Bote ihm verkünden, sein König warte draußen im Geräteschuppen auf ihn. Dort würde natürlich in Wahrheit Eleisen mit einem falschen Bart im dunkeln sitzen, und listig Barfus' Neigung imitieren, mit einem Schürhaken in einer überreifen Melone herum zu stochern. Der Plan gelang, obwohl Tanzeflot am Eingang zum Pferdestall eine gute Weile lang zögerte. Dann obsiegte jedoch seine Treue zum König und er ging in die Falle. Perchlorin nebst Bediensteten ertappten ihn in flagranti, was eine sofortige Hochzeit nötig machte. Ein Geistlicher mit Klappaltar war zufällig anwesend, und die am nächsten Tag spontan organisierte Feier wurde auch durch den Besuch des Drachens kaum getrübt, der Tanzeflot der Hälfte der neugewonnenen Verwandtschaft entledigte. Dankbar ließ Tanzeflot, der sich entgegen seinen

Gewohnheiten nicht in tiefer Ohnmacht, sondern unter einem Melkschemel befand, das Untier ziehen. Sein ganzer Haß traf vielmehr Worgaime, die ihm die Sache eingebrockt hatte. Aber die weise Priesterin war schon auf dem Rückweg nach Blameflop.

*

"Geheiratet?!", fragten Barfus und Flennwyfar wie aus einem Munde. Auch die begriffsstutzige Königin war dem Charme des stets wohl gekleideten ersten Ritters nach wie vor erlegen.
"Nun", lachte Barfus etwas wehmütig, "einmal erwischt es jeden von uns! Tanzeflot ist wahrhaftig lange genug Junggeselle geblieben, falls das überhaupt möglich ist."
Nachdem die stolze Worgaime alles vom Liebestrank bis zum falschen Bart viermal haarklein erzählt hatte, dämmerte Flennwyfar, dass sie den Verlust des schönen Ritters Barfus' Schwester zu verdanken hatte. Sie konnte sich aber nicht mehr entsinnen, ob dies Morgrause oder Worgaime gewesen war.

Auch jenes andere dunkle Geheimnis, aus dem in späteren Jahrhunderten einfallslose Autorinnen dickleibiger Bestseller ihre fetten Tantiemen destillieren sollten, blieb der Großkönigin nicht länger verborgen. In den letzten sieben Jahren war ihr oftmals aufgefallen, dass Worgaime ständig Kinderkleidung strickte, die sie dann mit zahlreichen Spielsachen, Süßigkeiten und manch anderem Kram in große Kisten verpackte und an "Meinen und Barfus' Sohn" adressiert abschickte." Sie hat also ein Kind, und auch Barfus hat schon ein Kind, nur ich nicht", haderte Flennwyfar oft mit dem Schicksal," Aber es ist schön, dass die beiden zusammen aufwachsen können."

Worgaime hatte Barfus nie von seinem Glück berichtet, und so war der sehr überrascht, als seine Schwester, der das Geld ausgegangen war, ihn aufforderte, für seinen Sohn endlich Alimente zu zahlen. Unglücklicherweise stand Flennwyfar dabei und begann sofort zu kreischen.
"Du hast ein Kind mit deiner eigenen Schwester! Barfus! Wir beide sind immer noch kinderlos, aber du hast dich an dieser häßlichen kleinen... Das ist Inzest! Todsünde!"
"Damals war ich noch jung und unschuldig", rechtfertigte sich Barfus, "und wußte noch nicht, dass es mit Männern viel mehr Spaß macht. Laß uns die Affäre vergessen Flennwyfar..."
"Niemals! So ein schuldbeladener Lüstling wie du sollte nicht dieses Königreich regieren! In der Heiligen Schrift wird berichtet, wie Gott

wegen ähnlicher Sauereien Pech und Schwefel vom Himmel regnen ließ, in Sodbrannt und Chamorra glaube ich!"

"Bei den heutigen Schwefelpreisen wird dein Gott dieses Wunder kaum wiederholen können.", lachte Worgaime, doch Flennwyfar ließ sich nicht beirren. "Nur dies kann der Grund für meine Unfruchtbarkeit sein! Deine Sünden! Gott straft mich, weil du nicht beichten und büßen willst!"

"Nun gut", gab Barfus wie immer nach, "Ich will gleich zu Bischof Columbo gehen..."

"Hör doch erst einmal zu, Flennwyfar!", Worgaime schilderte ausführlich das Fruchtbarkeitsritual. "Barfus wußte gar nicht, wer ich bin und was geschah, also kann es doch kaum Sünde gewesen sein."

"Der Definition nach nicht", meldete sich Bischof Columbo zu Wort, der die Angewohnheit hinter Türen zu stehen immer noch nicht aufgegeben hatte, "aber bei so einer Schweinerei machen wir mal eine Ausnahme!"

"So frustriert kann doch selbst Euer Christengott nicht sein", warf Worgaime ein, um einen ihrer üblichen, hoch theoretisch religiösen Dispute einzuleiten, "dass er wie ein alter Mann herumschleicht und Liebende auf dem Nachtlager belauscht!"

"Es steht einer gottlosen Heidin nicht an, die Hobbys meines Herrn des Allmächtigen zu lästern!", keifte der Bischof zurück.

"Selber gottlos!", konterte die Priesterin geschickt die theologische Argumentation.

"Hexe!"

"Wichser!"

"Friede Schwester! Ich will ja beichten... und Buße tun.", schlichtete Barfus.

"Großkönig Barfus Pentagon!", Bischof Columbo hob segnend die Arme, "Bisher hatte ich dich immer für einen schwulen Langweiler gehalten. Doch nun muß ich erfahren, dass du lasterhaftem Treiben gefrönt hast. Zweimal hintereinander mit der eigenen Schwester! Eichhörnchei inbegriffen! Da ist eine saftige Buße fällig. Du wirst ein Jahr in Sack und Asche gehen, viel besser zu kleiden verstandest du dich sowieso nicht, und vor jedem Christenpriester der dir begegnet -insbesondere vor mir- nieder knien und beten."

Was Worgaime nur ungern erzählt...

Barfus' Königswürde wurde durch den Schachzug des Priesters stark ramponiert, doch auch mir verging schon bald das Lachen. Aus taktischen Gründen entschloß ich mich zu heiraten. Ich schätze, für eine Ehe, der ein solches Ende bestimmt war wie meiner, begann sie gar nicht schlecht.

Ein attraktiver Jüngling aus reichem Hause, Semicolon von Nordquales, war mir mehrfach bei Turnieren ins Auge gefallen. Auch er schien beim nächtlichen Flirten alles andere als abgeneigt. Bei der rasch organisierten Hochzeit vermählte mich Bischof Columbo jedoch nicht mit meinem jungen Helden, sondern legte meine Hand in die seines Vaters, eines fetten lüsternen Greises, der ihn als Trauzeugen begleitet hatte.

Ob der Gottesmann das falsche Lid zu gekniffen hatte und die Trauung im Lichte seines Glasauges vollzog oder mir aus reiner Bosheit den unter Blasenschwäche leidenden Greis zum Mann gab, weiß ich nicht zu sagen. Der Leser mag sein eigenes Urteil fällen. Ich ließ mir jedoch nichts anmerken, um mir vor Flennwyfar, die unbändig kicherte und sich laut auf die Schenkel schlug, keine Blöße zu geben. Immerhin war ich so als Königin von Nordquales sofort an der Macht und mußte nicht erst den Tod eines alten Monarchen abwarten. Auf die Liebesdienste des Jüngeren gedachte ich trotzdem nicht zu verzichten.

Und so zog ich als Gemahlin Uriniens von Nordquales aus Blameflop aus, um mir eine eigene Machtbasis für Intrigen gegen Barfus und meine Rückkehr nach Schwavalon zu sichern...

Gwyrgelin genoß nach den Jahren der intellektuellen Abstinenz bei der schlichten Morgrause die Druidenausbildung wie andere Knaben seines Alters die pornographischen Magazine ihrer alten Herren. Er war ein Zweifler, ein Denker, ein grüblerischer Philosoph, oder wie seine Lehrer es ausgedrückt haben würden, ein Klugscheißer. Nichts liebte er mehr, als stundenlang in die unendlichen Weiten des Sternenhimmels hinaus zu starren und dabei zum Beispiel über den Mechanismus der Sicherheitsnadel nachzusinnen. Seine Fähigkeit des messerscharfen sokratischen Diskurses war bei den Hütern der Alten Weisheit gefürchtet. So stritt einmal mit ihm der Märklin:

"Edler Gwyrgelin, Eure Lehrer berichten mir, Ihr weigert Euch die Freudig Geheiligten Lobpreisungen der Großen Göttin im Namen der Geweihten Sauren Seegurke auswendig zu lernen. Wie kommt's?"
"Weiser Märklin! Die Achtung der Weisheit zwingt mich zur Enthaltsamkeit bei diesen Versen."
"Wie soll ich das verstehen?"
"Hm, ja... denn was ist Dummheit anderes als Gelehrsamkeit im Übermaß?"
"Wie das?"
"Beseht es so. Wenn ein Mensch Euch mit klugem Rat zur Seite steht, so gefällt's Euch wohl."
"Ganz recht."
"Kommt seine Weisheit ungefragt, hört Ihr nicht besser, sondern schlechter zu?"
"Gewiß."
"Sollt Ihr sie dann im Kopf behalten, wärt Ihr nicht ein Raub der Dummheit?"
"Schon gut."
"Dummheit seht auch als Zustand des Nichtseins von Wahrheit! Wahrheit aber ist nichts anderes als die Schönheit der Existenz des Nichtseins. Und außerdem geht mir die dumme Angewohnheit auf die Nerven, immer alle Adjektive groß zu schreiben."

Weniger erfolgreich als sein Umgang mit der Alten Weisheit war seine Einführung in die Riten des Alten Volkes. Bei seiner Weihe stand er über dem nach Altem Brauch aufgeschlitzten Eichhörnchen, aber ihm fielen die magischen Worte nicht ein. So nutzte er die Gelegenheit für eine schnelle Obduktion. Nach wenigen kurzen Stunden, in denen er das Geduldige Schweigen des Stammes als aufmerksames Interesse auffaßte, verkündete er stolz die Todesursache:
"Tod durch Aufschlitzen!"

Es war schwer, die Schamanen, die ihn -wohl unabsichtlich-

mißverstanden hatten, davon abzubringen, ihm diesen vermeintlichen Wunsch zu erfüllen. Viel Zeit widmete Gwyrgelin auch dem Verfassen geistreicher naturphilosophischer Essays, wie man sie Jahrhunderte später in Frauenzeitschriften unter der Überschrift "Unglaublich, und doch nicht wahr" oder "Wetten, das haben Sie schon gewußt!" würde finden können. "Nichts gegen deine Naturphilosophie, Gwyrgelin.", nahm ihn die erste Priesterin beiseite, "'Sinn und Unsinn der Ameisenhügelspektroskopie im Lichte von Aristoteles Satz des Widerspruchs'... wirklich sehr nett. Aber grau, kleiner Freund ist alle Theorie und grün bist du immer noch nicht dem Horoskop, des Lebens goldnem Schaum. Jeder Druide dritter Klasse weiß, wieviel damit zu verdienen ist."

"Ich glaube nun mal nicht an Astrologie. Auch wenn viele Astrologen aus meinem Geburtsdatum mühelos mein Sternzeichen vorhersag  können, so ist damit doch die Fähigkeit zur Prognose schon erschöpft."

"Deine Beschwörungen der Zukunft im magischen Spiegelsee sollen ebenfalls sehr dürftig sein."

"Ich halte es für Geldverschwendung, all diese Wahrsager zu bezahlen. Glaubwürdig wäre für mich höchstens ein Seher, der seine Reichtümer bei der Keltenlotterie verdient, anstatt Vorhersagen an Leichtgläubige zu verschachern. Und selbst bei dem würde ich erst einmal schauen, ob er gezinkte Karten hat."

Manche Fähigkeiten, die ihm als Herrscher Britanniens einmal von Nutzen werden sollten, weigerte Gwyrgelin sich schlicht zu erwerben. Etwa einem Menschen von hinten die Kehle durchzuschneiden oder eine Büchse Bohnen zu öffnen. Auch der Schwertkampf hatte es ihm nicht angetan, obwohl er betonte, kein Pazifist zu sein, er warte lediglich auf die Vervollkommnung der Schußwaffen.

*

Viele Jahre waren ins Land gegangen. Wie an jedem Pfingsten hatte Barfus seine alten Getreuen zu sich geladen, damit sie sich dem Turnier und der Erinnerung an alte Zeiten hingeben konnten. Danach liebten sie es, sich an Speis' und Trank zu laben und sich hernach gemeinsam zu erbrechen. Ein Brauch, den Barfus in glücklichen Tagen einführte, als noch Worgaime an seinem Hofe weilte, und für dessen Durchführung er eigens das Amt des Ginseng ins Leben rief. Aber nicht nur deshalb kamen von Jahr zu Jahr weniger der alten Kameraden.

"Kommt Tanzeflot in diesem Jahr?", fragte Flennwyfar.

"Ich will es hoffen! Ich habe heuer die Einladungen von Barden überbringen lassen, die sie dem Empfänger dreistimmig vorsingen."

"Warum der Aufwand, Barfus?"

"Ein Rat des Märklin. Auf dem Kontinent hat sich ein Verrückter namens Luciferus zum Cäsar krönen lassen. Wir müssen Stärke demonstrieren, meint Kelvin."

"Du hörst auf den Rat eines entstellten Krüppels? Er gehört immer noch zu diesen teuflischen Druiden!"

"Nein. Er nennt sich jetzt Christ. Jesus hat ihm vergeben, was er getan haben soll. Außerdem ist der Alte Glaube noch längst nicht für alle Menschen gleichbedeutend mit dem Teufel. Im Norden und auch in Nordquales brennen noch immer die Belltanefeuer."

"Natürlich in Nordquales, wo die verdorbene Worgaime ihren greisen Mann beherrscht!"

"Ich, äh, sehe nicht was schlecht daran sein soll, wenn ein Mann auf den Rat seiner Frau hört... Früher, so heißt es, haben in Britannien die Frauen geherrscht, die Könige waren nur ihre Feldherren, ihre cere bellum, wie die Römer sagten..."

"Der heilige Apostel sagt, die Frau sollte ihrem Manne untertan sein. Trotzdem herrscht Morgrause auf den Orknis und Worgaime im Hause Uriniens! Ein Mann sollte nicht abhängig von dem sein, was seine Frau ihm vorschreibt."

"Du hast ja so recht, mein Schatz."

"Du wirst Morgrause, wenn sie morgen kommt, vorschlagen, sich zu verheiraten!"

"Ja, wenn du meinst..."

"Den alten Erzbischof Columbo würde der Schlag treffen, würde er auch nur die Hälfte des Klatsches über deine Tante Morgrause kennen."

"Wahrscheinlich hat er zwei Drittel davon sogar selbst erfunden."

F lennwyfar kümmerte sich ohne Talent oder Hingabe um die Bereitstellung von Speise und Trank. Schon bald zogen die ersten Gäste mit ihrem Gefolge ein. Kleine Zelte und Pavillons wurden aufgebaut und stürzten wieder ein, geschmacklose Wimpel und Fähnchen flatterten überall, allen voran das Banner des Königs mit aufgespießtem Apfel. Der große Turnierplatz wurde gesäubert, womit man aber besser bis nach dem Fest gewartet hätte, und in Backöfen wurden Dutzende von Gerstenbroten gebacken, die unter das Volk verteilt werden sollten. "Brot für die Welt", wie Erzbischof Columbo gern sagte, "...und Ochsenbraten für die Bischöfe!"

Eine ganze Reihe von Ochsen drehte sich auch schon lustig über den Feuerstellen, die Flennwyfar bald entzünden lassen wollte.
"Willkommen an meinem Hof, Tante."
Wie üblich stand Chauwaine dicht hinter Barfus, als der seine Mutter begrüßte.
"Sei gegrüßt, Barfus!", antwortete Morgrause fröhlich, "Auch du, Chauwi! Ich sehe du liebst immer noch nichts außer Barfus und deiner Lederkluft. Ich kann kaum glauben, dass du ein Sohn deines Vaters bist. Na, bist du wahrscheinlich auch nicht. Wie geht es dir, Flennwyfar?"
"Gott straft, äh, belohnt mich nicht umsonst mit der Ehre deines Besuches.", die Großkönigin sah mißbilligend auf Morgrauses Hand, die auf einem schönen Jüngling ruhte. Würden dieser gottlosen Hure denn niemals die Liebhaber ausgehen? Auch Worgaime war leider anwesend, im Gefolge ihres greisen Gemahls. Tanzeflot sollte einen Ehrenplatz zu Flennwyfars linker Hand einnehmen, gab jedoch vor, infolge einer Altersweitsichtigkeit das Namensschildchen nicht entziffern zu können und klemmte sich zwischen sie und Barfus. Der Großkönig hatte inzwischen die ergrauenden Haare eines weisen Mannes, doch war die Weisheit noch nicht weit in das Innere seines Schädels vorgedrungen.
"Liebe Freunde!", bat er ums Wort, "Unser großer Sieg am Berg Ballyhoo hat uns viel Ruhm, Ansehen und Jahre des Friedens beschert."
Die Tafelrunde murmelte beifällig.
"Jahre, in denen kein Schwert gezogen werden mußte, es sei denn, um die Steuern einzutreiben oder einen Zahnstocher zu schnitzen. Jahre, in denen wir, äh... glücklich und zufrieden bei unseren Frauen sitzen konnten."
"Und liegen!", ergänzte Morgrause in das andächtige Schweigen.
"Hm, ja, ganz richtig. Für diese Jahre haben wir gekämpft, Männer!"
-Stille-
"Und würden wir wieder kämpfen!"
-Verhaltener Applaus von Kelvin, der als behinderter Barde vom Wehrdienst befreit war-

Plötzlich krachte die Tür auf und herein trampelten im Gleichschritt drei gerüstete Krieger. Mitten in den Kreis der Tafelrunde marschierten sie, wo der erste über einen Bärenkopf stolperte. Einer brüllte im Kasernenhofston:
"Ave Cäsar! Im Namen von Kaiser Luciferus von Rom überbringen wir eine Botschaft für Barfus, den Statthalter von Britannien!"
Dann wühlte er lange in den Taschen seines roten Umhangs, bis ihm ein Begleiter ein kleines, zerknittertes Stück Papier reichte.

"Danke, Claudius Hochgenus."
"Oh, keine Ursache, Tullius Musenkus."
"Darf ich die Nachricht vorlesen?"
"Nein Grachus Taubenus, Tullius liest vor. Wir hatten das doch ausgewürfelt, beim Jupiter!"

"Es scheint sich um Römer zu handeln.", flüsterte Tanzeflot dem in seiner Gummibärchentüte wühlenden König zu.
"So höre nun, Empfänger Barfus, was ich, Zenturio Hochgenus, dir verkünde! Kaiser Luciferus fordert dich auf, ihm die Treue zu schwören. Du sollst dann als...Moment, ist schwer zu lesen... Konfekt, nein, Präfekt eingesetzt werden. Der jährliche Tribut soll ein Viertel deiner Steuereinnahme sein. Das wär's. Macht fünf Sesterzen Strafporto, der Umschlag ist nicht frankiert."
"Donnerwetter, das ist aber günstig!", staunte Barfus, "Nur ein Viertel der Einnahmen. So billig vergebe ja nicht mal ich meine Lehen."
"Rede keinen Unsinn, Barfus.", fiel ihm Flennwyfar ins Wort, "Wirf die Schwachköpfe 'raus, die zerkratzen ja das Parkett."
"Sehr richtig, das Parkett. Raus mit Euch! Ihr habt doch gehört, was sie gesagt hat."

Jetzt begannen auch die Könige, Herzöge, Stammesführer und so weiter zu murren:
"Rom ist bankrott. Das sind Konkursbetrüger."
"Wir wollen nicht wieder Latein lernen!"
"Militaristen raus!"
"Die spinnen, die Römer!"
"Häutet sie, bringt sie um!"

Zenturio Tullius hielt aber nach wie vor die Hand auf und verlangt seine fünf Sesterzen. Barfus gab sie ihm und, so war er nun mal, ein großzügiges Trinkgeld. Nachdem sie gegangen waren, beriet er sich kurz mit Kelvin und Tanzeflot und sprach dann:
"Männer, wie ich soeben erfahre, ist etwas Ungeheuerliches geschehen. Ein Usurpator fordert uns heraus! Wir werden diesem angeblichen Kaiser den Lorbeer in den Rachen stopfen! Es gibt wieder Krieg!"

Da jubelten die alten Recken und nicht wenige wollte ihre Schwerter ziehen. Doch hatten sie diese meist vergessen, oder aber bekamen sie vor Rost nicht aus der Scheide.
"Wer folgt mir in den Kampf?!", brüllte Barfus.
"Der edle Tanzeflot!", schrie Chauwaine.
"Der stolze Chauwaine!", grölte Tanzeflot.

"Die tapferen Krieger der Orknis!", fiel Uriniens ein.
"Die Schlappschwänze aus Nordquales!", konterte Morgrause.
"Die Dings, na die kleinen Neger da... das Alte Volk!", stotterte der greise Römer Rectorius.
"Und die römisch-katholischen Rassisten und Kulturimperialisten!", keifte ein nicht minder greiser Schamane.
"So sei es denn! Seit' an Seit', wie zur alten Zeit! Für Britannien!"

Bei Barfus war selbst heiseres Pathos noch sympathisch und seine hübschen blauen Augen leuchteten verklärt wie die eines Showmasters beim Schlußapplaus. Worgaime sah ihrem Bruder in das kindlich verzückte Gesicht, in dem, wie damals als er Trivianes Möbel mit Explosibum attackierte, Begeisterung, Hingabe und ein Schuß Schwachsinn flackerten. Sie begriff nun langsam, was an Barfus Art es war, das die Männer begeisterte. Sie begriff nur nicht, warum.
"Bei Tagesanbruch reiten wir zur Küste. Tai, du übernimmst die Verpflegung. Tanzeflot, du bringst die Pferde in Stimmung. Chauwaine, du kümmerst dich um die Rüstungen, Lederaccessoires und Waffen. Und nun laßt uns feiern und trinken, bis dem Morgen graust!"

*

Worgaime hatte ihre Rückkehr nach Schwavalon lange vorbereitet. Sie war ihre alten Karten durchgegangen, hatte sich die Lehren ihrer Ausbildung vergegenwärtigt, insbesondere den Trick mit dem Royal Flush. Nebenher sorgte sie dafür, dass in Nordquales die Große Göttin wieder höher im Ansehen der Menschen stand als der christliche Gott. Auch zu den Riten des Alten Volkes, welches im Königreich Uriniens sehr zum Mißfallen der dort lebenden Eichhörnchen immer noch eifrig durch die Hügel streifte, hatte sie wieder Zugang gefunden. Älter geworden war sie zwar, doch fühlte sie sich nun fit für ein Comeback in Schwavalon.

Dann, nachdem Barfus und seine Männer sich Mut angetrunken hatten und verschwunden waren, war der Zeitpunkt gekommen. Sie folgte nicht Uriniens nach Nordquales, sondern ging in das Königreich Perchlorins. Von dort wollte sie nach Schwavalon weiterreisen. Vorher aber entführte sie als Gastgeschenk die kleine Nematode, die Tochter Eleisens und Tanzeflots (Tanzeflots?). Bei dieser floß das Blut von Schwavalon - jedenfalls der Nase nach zu urteilen. Und Nachwuchs war für die veraltete Religion immer schwerer zu bekommen. So ritten sie zu zweit in Richtung der Heiligen Insel.

"Bist du wirklich keine häßliche, mordgierige Hexe, Tante Worgaime?"
Die kleine Nematode war mit ihren fünf Jahren ein aufgewecktes Kind.
Mit ihren Fragen verstand sie es, Erwachsene in Verlegenheit zu bringen.
"Nematode, mein Kleines, wie kommst du bloß darauf?"
"Du siehst so aus, wie die Hexe in meinem Märchenbuch! Mein Papa und
die Priester und alle Leute sagen, du wärst eine. Außerdem hab' ich genau
gehört, wie du einen Zauberspruch gemurmelt hast. Gestern! Weißt du
noch? Als du meine Kinderfrau und die zwei Wachposten erledigt hast."
"Aber nein, Schätzchen! Ich habe für sie gebetet, dass sie in ein besseres
Leben kommen, oder wie die Christen glauben, in den Himmel."
"Es hörte sich aber an wie "Verreck' du Aas"."
"Ja, so habe ich es ausgedrückt. Aber schau lieber dort, Nematode! Ein
schöner bunter Schmetterling!", Worgaime lenkte das Mädchen ab, damit
es keine Angst bekäme.
"Oh ja, wie hübsch. Kann man Schmetterlinge auch erwürgen, Tante
Worgaime? Werde ich das in Schwavalon lernen?"
"Gewiß mein Kind. Nur Geduld, wir sind bald da."

Noch wußte sie nicht, ob die Heilige Barke sie überhaupt abholen würde,
und wenn ja, ob sie den Fahrplan inzwischen geändert hatten. Die
Schamanen hatten Schwavalon sicherlich über ihre Ambitionen auf dem
Laufenden gehalten. Sie hoffte, ihr Ruhm als beste Absolventin der
gehobenen Laufbahn im Dienst der Göttin sei noch nicht verblasst. Seit
Menschengedenken war sie die erste mit einer Eins im Nebelwerfen und
Salamanderquetschen und mit Hokuspokus cum laude gewesen. Endlich
lag der See vor ihnen. Er roch faulig wie immer und streckte ihnen
trostlos sein verfilztes Schilf entgegen. Der stickige Nebel überzog sie mit
Feuchtigkeit, breiiger Morast hinderte sie am Gehen. Einzig die fetten
schwarzen Blutegel schienen Worgaimes Rückkehr freudig zu begrüßen.
Angestrengt starrte die Priesterin in die Nebelschwaden und krächzte
halblaut ein paar besonders obszöne Kraftausdrücke. Sie hörte, wie das
Mädchen neben ihr vor Erstaunen die Luft anhielt. Das hätte sie von der
älteren Generation wohl nicht gedacht.

Schon wenige Minuten später näherte sich ein geräuschvolles Platschen,
als wenn ein fetter Frosch in einer Schüssel Kräuterquark Gymnastik
triebe. Begleitet wurden die unheimlichen Laute vom Gesang lallender
Männerstimmen. Die Heilige Barke schlingerte aus dem Dunst und
Worgaime sah, dass seit Trivianes Tod die Disziplin etwas gelitten hatte.
Die kleine Nematode war sehr beeindruckt von der Unzahl leerer
Flaschen, die in so einer Barke Platz fanden. Unbeschadet setzten sie über.
Eine Gruppe von Priesterinnen saß am Ufer, von denen die meisten
angelten.

"Willkommen zu Hause, Worgaime.", sagte eine von ihnen, die ihren Rangabzeichen zufolge Trivianes Posten übernommen hatte, "Dein Ruhm ist dir weit voraus geeilt. Die Barden werden nicht müde von deinen Untaten zu singen. Ich bin Niniweh, die erste Priesterin. Du hast lange auf dich warten lassen, Schwester."

Worgaime glaubte heraus zu hören, dass Niniweh das Warten nicht schwer gefallen war. "Doch nun bin ich da um Trivianes Erbe anzutreten. Ich bringe Nematode, die Tochter Tralalahds, den man jetzt Tanzeflot nennt. Geh hin, mein Kind und tu was man dir sagt. Du wirst hier lernen eine gute Dienerin der Göttin zu werden."
"Die Göttin segne dich, Nematode! Gesegnet seien die Füße, die dich hierher getragen haben... Gesegnet seien die Knie, die sich vor ihrem Altar beugen werden... Gesegnet sei die Zunge, die ihren Speichel lecken wird..."

Sie führten die Kleine ins Haus der Jungfrauen und Worgaime begab sich in die Gemächer der ersten Priesterin. Mit einem goldenen Sichelmesser erwartete sie dort Raven, ein kühles Schweigen um sich gebreitet wie in den grün-dämmrigen Hallen eines Buchenhains. Ihre tiefschwarzen wimpernverhangenen Augen glänzten als wollten sie Worgaime eine geheimnisvolle Botschaft zu lispeln. Plötzlich fiel der Angekommenen der Traum mit den dreizehn roten Raben wieder ein, die ein Plüschsesselchen aufgeschlitzt hatten. Sie bekam Appetit auf Kalbsschnitzel. Zuvor mußte sie jedoch noch eine kleine Blutzeremonie über sich ergehen lassen. Raven schnitt erst sich selbst und dann Worgaime ein wenig in die Brust.

"Wir sind alt geworden, Raven und ich. Unser Blut fließt nicht mehr aus dem Leib, sondern nur noch aus dem Herzen...", dachte Worgaime und grübelte, ob sie damit wohl etwas gemeint haben könnte. Die Begriffe 'Klimakterium' oder 'Midlife-Crisis' kamen ihr dabei nicht in den Sinn. Jede Frau leckte das Blut von der Brust der anderen, nicht ohne deren fleischliche Reize zu würdigen. Nach einer Nacht voller Würdigungen erwachte Worgaime allein. Sie war wieder Priesterin in Schwavalon und band sich den Riten gemäß ihr himmelblaues Hirschlederschleifchen ins Haar. Doch da nahm sie einen unangenehmen Geruch wahr. Auf dem Kopfkissen neben ihr lag eine Stinkmorchel. Angeekelt wollte sie den Pilz wegwerfen, aber da begann er in ihrer Hand zu verwesen, wurde schnell zu einem glibberigen etwas und löste sich auf in eine staubige Wolke Pilzsporen. Worgaime mußte dreizehn Mal niesen, bis sie verstand, was Raven ihr mitteilen wollte. "Blüte und Frucht sind nur der Anfang vom Ende. Im Samen liegen Leben und Zukunft. Oder im Samen der Anfang und in der Frucht das Leben der Vergangenheit..."

Worgaime seufzte tief und lang, während sie sich von dem fauligen Puder säuberte. Sie wußte jetzt, sie mußte Schwavalon zunächst wieder verlassen. Niniwehs Macht war trotz ihrer Führungsschwäche und ihrer banalen Neigung zu Poesie und Musik zu sehr gefestigt. Es war nötig, mehr Ansehen unter den Dienerinnen der Göttin zu gewinnen, ehe sie die erste Frau vom Thron stoßen konnte, und keiner es mehr wagen würde, so miserable Scherze mit ihr zu treiben. Eines Tages würde sie zurückkehren, aber die Zeit war noch nicht reif. Dann kleidete sie sich an und wartete, bis Niniweh sie zu sich rief. Als sie den Hauptraum betrat, in dem sie so oft Triviane gegenüber gestanden hatte, glaubte sie plötzlich, die verstorbene Tante vor sich zu sehen. Heftiger Brechreiz packte sie. An einen Steingötzen gelehnt erkannte sie Niniweh, die über den Kartentisch gebeugt stand. Kleine Fähnchen und Holzdruiden zeigten die strategische Lage. "Wie kann sie es wagen, dort zu stehen und sich anmaßen, mir Befehle zu erteilen?", dachte Worgaime, "Ich hätte viel früher zurückkommen müssen."

"Du hast in Nordquales gute Arbeit geleistet, Schwester!", sagte Niniweh selbstsicher und sogar ein bißchen spöttisch, "Doch ist die Verehrung der Göttin dort nicht endgültig gesichert. Dein ältester Stiefsohn Araloch ist ein fanatischer Christ geblieben und wird deinem Gemahl Uriniens auf den Thron folgen. Nur dein geliebter jüngerer Stiefsohn kann verhindern, dass binnen eines Jahrzehnts Nordquales an die Christen zurück fällt. Du weißt was du zu tun hast, und wie ich dich kenne wirst du es mit Genuß tun."

Niniweh wandte sich mit einem Anflug von Abscheu ab und fuhr fort, vor sich auf den Kartentisch Noten zu kritzeln: Ein Klagelied vom Untergang Schwavalons. "Das naive kleine Ding hat recht.", dachte Worgaime während sie die Zentrale verließ, "Ein Meuchelmord an Araloch ist unvermeidlich. Es ist sogar ein unverzeihlicher Fehler, diese Angelegenheit noch nicht bereinigt zu haben. Schließlich kann der Greis Uriniens jeden Moment das Zeitliche segnen. Das also ist mein Versäumnis... nichts leichter als es nachzuholen."

In ihren Räumen erwartete sie ein junger Mann. Einen Augenblick mußte Worgaime nach Luft ringen. Vor ihr stand der wiedergeborene Tanzeflot, jedoch gekleidet in der atemberaubenden Stillosigkeit eines Barfus.

"Gwyrgelin! Mein Sohn!"

"Ich bin es, edle Worgaime. Doch nennt man mich jetzt Wortred."

"Du bist so anders als dein Vater."

"Ich hoffe, nicht nur was meinen Körper angeht. Man hat ihn und mich inzwischen zur Widerlegung der These, Intelligenz sei vererbbar, herangezogen."

"Nun, ein Teil deines Erbgutes stammt wahrscheinlich von mir."

"Ich mache Euch keinen Vorwurf. Meine Eltern gaben mir das Beste, was sie mir geben konnten: Ihre mangelhaften Chromosomen und damit die Geworfenheit in eine Existenz an sich oder eine an sich verworfene Existenz. Nur ein etwas großzügigeres Taschengeld hätte ich mir manchmal gewünscht."

"Gwyrgelin... Wortred, ein wichtiges Schicksal steht dir bevor..."

"Ach so, und ich glaubte, ich soll den Thron des Großkönigs besteigen."

"Was sonst? Du sollst deinen Vater Barfus stürzen, und zwar möglichst so, dass er sich das Genick dabei bricht."

"Ja, ich knoble seit zwei Jahren daran..."

"An einem Plan?"

"Nein, an einem Moralsystem, in welchem diese Handlungen als wünschenswert und notwendig schlüssig begründet werden können. Ich muß bekennen, bisher seh' ich schwarz. Eure Pläne scheinen von einem mir unbegreiflichen Wunsch getrieben zu sein, Macht über andere zu erlangen. Sicher, ich kann Euch darin folgen, die Menschen seien zur Zeit nicht reif für eine andere Staatsform als die Diktatur. Weiter sehe ich auch ein, dass von allen denkbaren Diktaturen mir die am liebsten sind, in denen ich Diktator bin. Und doch bleiben moralische Bedenken. Nur der Diktator hat die Macht die Untertanen so zu fördern, dass sie einmal die Reife zur Demokratie erlangen, nicht wahr? Doch kann er es? Nur wenn er moralisch integer ist! Wie aber soll er dann auf den Thron gelangen? Dieser Circulus vitiosus blockiert jede schlüssige moralische Rechtfertigung meiner Machtergreifung! Außerdem ist Barfus stärker als ich."

"Du brauchst ihn ja nicht persönlich erdrosseln."

"Erdrosseln ist auch nicht meine Spezialität, ich glänze mehr beim Ersinnen von Aphorismen. Zur Zeit tüftle ich an einem, der eine detaillierte Beschreibung des Universums samt Hinweisen zu seiner Pflege und Wartung beinhaltet. Ihr könnt mir glauben, es ist nicht leicht all das in einem Satz unterzubringen."

"Bei den Göttern, Wortred, wie kommst du auf eine so wirre Idee?"

"Nicht bei, *für* die Götter. Ich denke, sollte es sie wirklich geben, so haben sie nichts davon, wenn man sich den Kopf zerbricht um ihre Existenz zu beweisen oder zu widerlegen. Es ist viel sinnvoller, sich statt dessen sich ein paar Gedanken zu machen, welche Tipps sie wohl

brauchen könnten. Gib es sie nicht, nun dann schadet es keinem..."
Worgaime legte die Hände über ihre Ohren und sagte: "Sei gesegnet."
Dann sorgte sie dafür, dass man den Jungen vor die Tür setzte.

*

Königin Morgrause war angenehm entsetzt, als eines Tages ihr Ziehsohn
Gwyrgelin auf den Orknis auftauchte. Er taumelte und sah aus, als habe er
sich mit letzter Kraft in den Norden geschleppt um dort zu sterben. "Bei
der Göttin, Gwyrgelin! Bist du verletzt?"

"Es ist nicht so schlimm, Mutter.", seine Stimme klang tonlos, sein
Gesicht war kalkweiß, "Ein Römer aus den Armeen des Luciferus hat
mich erwischt. Ein Existenzialist. In einem Streitgespräch überzeugte er
mich von seinem Weltbild. Seither leide ich unter schwersten
Depressionen... Nur dein archaischer Hedonismus kann mich noch retten.
Ich hätte nie mit Barfus auf diesen Feldzug gehen dürfen, seinen
schwersten und letzten, in dem er den neuen Cäsar endgültig verjagte...
Aber ich wollte ihn kennenlernen, wenn auch zunächst nur von ferne,
sehen wie er die Menschen begeistert. Er ist sympathisch, Mutter, einfach
nur sympathisch. Wie soll ich ihn da umbringen? Der ich mir nicht mal
über meine eigene Existenz im Klaren bin? Mamma mia!"
Und er überließ sich Morgrauses mehr als mütterlichen Umarmungen.

Der Verrätertango

In den plumpen Hügeln von Nordquales regnete es seit Tagen. Gnädig verbargen Nebel und Dunst die im Stil von Urg erbaute Burg. König Uriniens lag krank dar nieder; ohne Worgaimes Heilkünste hätte er wohl schon lange das Zeitliche gesegnet. Aber nicht nur aus diesem Grunde haßte sein ältester Sohn Araloch, der den Thron nach ihm besteigen wollte, seine Stiefmutter. Als fanatischer Christ mißbilligte er die Lehren der Göttin, nannte die Priesterin der Heiligen Insel eine Hexe. Auch wurde

irgendwie das Gefühl nicht los, sie würde ihn eines Tages in Jenseits befördern, um an der Seite seines kleinen Bruders das Land zu beherrschen. Außerdem konnte er sich nie mit der Art anfreunden, wie sie die Spiegeleier anbriet -mit einem böse blinzenden Krötenauge im Eigelb.

In Araloch vereinigten sich fette Häßlichkeit mit einem miserablen Charakter und Dummheit zu der Sorte von Bösewicht, die auch in einem schmalzigen Frauenroman ohne Skrupel abgemurkst werden dürfen. Starb Araloch, so würde Semicolon an seiner Stelle die Königswürde übernehmen. Der jüngere Bruder war schlank, schön und seiner Stiefmutter in jeder Beziehung zugeneigt. In erster Linie benötigte sie seine Dienste bei der Fernhaltung des Christentums. Hier war Semicolon verläßlich, denn auf dem zweiten Bildungsweg war er zum Druiden dritter Klasse geworden. Aber auch seine fleischlichen Reize waren nicht zu verachten.
"Wenn Semicolon König werden möchte, und wer möchte das nicht, sollte er vielleicht selber darum kämpfen...", so dachte Worgaime, "doch geriete er leicht in Mordverdacht. Ich ebenfalls -wird Araloch vergiftet so brenne ich als Hexe... Schade, dass Triviane das Geheimnis der Wachspüppchen mit in die Soßenschüssel genommen hat... sie war immer ein bißchen mißtrauisch. Doch die Magie der Alten Lehre gibt mir noch

andere Möglichkeiten."

Der Zufall kam ihr zu Hilfe, als Aralochs Gemahlin eines Tages die Schwiegermutter bat, an dessen Nachthemd zu weben. Araloch war gerade auf der Jagd, einer unfallträchtigen Beschäftigung.

"Sein Nachthemd, gewebt von seiner Frau! Ein höchst persönlicher Gegenstand, der mir Macht über sein Leben geben könnte...", überlegte Worgaime, "Ich muß mich beim Weben in Trance versetzen. Dann dringe ich in den Geist eines gefährlichen Tieres ein und töte Araloch von der Wohnstube aus. Das ist praktisch und hygienisch zugleich."

Bald schon saß sie am Webstuhl der Schwiegertochter und arbeitete emsig an einem grün-braun karierten Tuch. Ein anspruchsloses Muster für die geschickte Worgaime. Man durfte sich nur nicht verzählen. Das Schiffchen glitt durch die Fäden, der Kamm schlug jede Reihe fest: grün, braun, grün, braun. Schon war Worgaime in Trance und bewegte sich durch die Wälder von Nordquales. Ein Jagdhorn dröhnte und durch das Unterholz brach der Eber... grün und braun wechselten unter ihren Augen, ein sinnliches Schiffchen tanzte unter fleißigen Fingern einen Tango... Sie sank tiefer in Trance, unbekannte Gerüche drangen auf sie ein:

Eisen, Blut, Schweiß und Tränen, letztere vergoß der verendende Eber, ersteres war gut bei Blutarmut. Die Bache mit den Frischlingen war entdeckt... grün, braun, grün, braun ...sprang das Schiffchen durch die Fäden... braun, grün, grün, braun... Mist, verwebt!... die Bache lag tot zu Aralochs Füßen -lachend rief er die Knechte -fast hätte sie ihn erwischt, die Sau!... grün flog sie durch das Laub, ein brauner Blitz auf Aralochs Kehle... Blut und Geifer... Tod und Verderben...

Worgaime brach am Webstuhl zusammen und lag in ihrer Kammer, als die Knechte heimkehrten. Ihr Alibi war einwandfrei -obwohl der verblutete Araloch den Leuten Rätsel aufgab. Es war doch recht selten, dass ein Jäger dem Biß eines Eichhörnchens erlag. Semicolon war nie begierig zu erfahren, wie es geschehen konnte, dass sein Bruder gerade zu diesem günstigen Zeitpunkt verschied. Ihm genügte es, nun den Weg zum Thron frei zu haben. Worgaime aber hatte mehr mit ihm vor.

"Hör zu", sagte sie ein paar Tage später zu ihm, "Barfus hat Schwavalon verraten. Ich habe ihn mehrfach an seinen Eid erinnert, den er der Heiligen Insel geschworen hat. Aber er wollte nicht auf mich hören. In seiner Einfalt trägt er immer noch Explosibum, das Schwert der Heiligen Insignien und die Magische Scheide, die ich für ihn gemacht habe."

"Du willst doch nicht..."

"Doch genau das, Barfus muß gestürzt werden! Sein Sohn Gwyrgelin ist

für diese Herausforderung noch nicht reif. Du, Semicolon, wirst der neue Großkönig und Pentagon sein, der für Schwavalon herrschen wird. Mit mir an deiner Seite!"
"Aber Barfus ist ein großer Krieger! Ich bin dagegen nur ein mittelmäßiger Kämpe. Außerdem werden mich die Ritter der Tafelrunde in Stücke hauen, ehe ich Barfus nur ein Haar krümmen könnte."
"Barfus Geheimnis liegt nur im Schwert Explosibum und der Zauberscheide. Verliert er diese, ist er nur ein normaler Sterblicher und ein Schwachkopf dazu. Du wirst ihn dort herausfordern, wohin ihm seine Ritter nicht folgen können, und ihm das Schwert Schwavalons wieder entreißen. Nun komm! Eine Prüfung steht dir bevor!"

*

Sie führte ihn tief in die Wälder, wobei sie mit der Pfadfindigkeit des Alten Volkes geheimen Wegen folgte und das Stolpern über Wurzeln vermied. Schließlich, in einer menschenleeren Gegend schnüffelte Worgaime wie ein Kaninchen.
"Ist hier irgendwo ein Haselstrauch, Semicolon?"
"Direkt hinter dir, wenn ich mich nicht irre."
"Sehr gut. Die Magie von Haselnuß, Weide und Petersilie ist älter als der Zauber der Eichel. Komm, steck auch du dir ein Büschel in die Ohren."
Sie pflückte grüne Haselnüsse und holte ein ausgestopftes Eichhörnchen aus der Tasche. Nüsse im Mund tanzte sie dreimal um den Balg des Tieres und hob es dann dem grauen Himmel entgegen. Mit heulendem Wind und prasselndem Regen brach ein Unwetter über sie herein. Es blitzte, ein Donner rollte von einem Horizont zum anderen und ein Schauer von gefrorenen Kaulquappen ging nieder. Dann drang von überall her eine unirdische Stimme auf die beiden ein:
"Irgendwelche anmeldungspflichtigen Waren, Waffen oder Funksendeanlagen? Ja? Dann folgen Sie mir bitte unauffällig."
Die kleine Gestalt im schlecht sitzenden Schlangenhautjacket tänzelte voraus, wobei sie mit der linken Hand ein auf merkwürdige Weise gnomenhaftes Jojo betätigte. Im Feenland ging mal wieder allerhand ab. Viel buntes Volk tanzte herum...
"Flipp aus! Tune in! -Scheiß auf Schleim, Karriere, Eigenheim!"
"Feuer und Flamme für jeden Staat! Rock hinein ins Hedonat!"

Da öffnete sich der Boden und rosa Eiswürfel quollen hervor. Ein Dachs steppte vorbei, verwandelte sich in eine singende Seegurke. Er kommt... Worgaime fragte Semicolon nie was er gesehen hatte... Ihr erschien es, als trage ER einen strahlend roten Irokesenkamm auf der silberhellen Glatze, in den Ohren funkelnde kleine Mechanismen... Sie wußte nicht, wie lange

sie so verharrte... Vielleicht nur eine halbe Stunde, vielleicht aber auch fünfunddreißig Minuten... Dann schmolzen die Eiswürfel, die Musik verklang. Semicolon und sie waren wieder allein. Er war wie erstarrt, weil er sich nicht bewegte, und seine Haare hatte ein Wind zerzaust, der nicht von dieser Welt gewesen war -sonst hätte er sie kaum grün getigert zurückgelassen.
"Wie.. uhh... äh, was...", flüsterte Semicolon. Worgaime deutete auf eine Sicherheitsnadel in seinem Ohr: "Du bist ein Druide dritter Klasse. Mußt du wirklich fragen? Das Zeichen der Feen!"

*

Vor dem offiziellen Pfingstfest tafelten Barfus und Flennwyfar im engeren Familienkreise. Am nächsten Tag würde das übliche Bankett für die Vasallen und Gefährten stattfinden. Es war kein gewöhnlicher Tag, denn der Thronfolger und Neffe Barfus', Tralalad sollte am Hof eingeführt und zum Ritter geschlagen werden. Tanzeflots und Eleisens Sohn war der nächste Verwandte, den das kinderlos gebliebene Königspärchen als Erben einsetzen konnte. Gwyrgelin war durch die Umstände seiner Zeugung, insbesondere die Sache mit dem Eichhörnchen, für den christlichen Hof natürlich disqualifiziert. Er hatte sich auf Blameflop bisher nicht blicken lassen.

"Gerne würde ich einmal meinen Sohn Gwyrgelin sehen...", murmelte Barfus, "Schließlich zahle ich eine Menge Unterhalt für ihn."
Flennwyfar hörte zwar nicht, was er gesagt hatte, kannte aber mittlerweile die wenigen Gedanken, die Barfus sich machte, ganz genau.
"Dein blöder Schimmel ist bestimmt gut versorgt. Und dein dumpfer Sohn bleibt besser in Schwavalon, sonst will er womöglich noch auf den Thron.", keifte sie, "Die restliche Verwandtschaft reicht mir gerade. Außerdem glaube ich kaum, dass er bei den Druiden ein guter Christ geworden ist. Dieser Märklin am Hofe ist schon schlimm genug: Ein häßlicher alter Krüppel und wahrscheinlich ein Verräter. Einmal Druide, immer Druide, wenn du mich fragst."
"Kelvin steht mir immer mit gutem Rat zur Seite! Und sein Banjospiel ist weithin berühmt."
"Sagen wir lieber berüchtigt."
"Seine H-Moll-Messe für drei Banjos wird sicher noch in Jahrhunderten gespielt werden, wenn es ihm je gelingt zwei weitere Virtuosen zu finden."
"Ich glaube nicht... höchstens, falls jemand das Stück für die Orgel bearbeiten sollte."

"Was streiten wir zwei uns über Musik, die wir nicht einmal auf einem Kamm blasen können. Laß uns jetzt in den Festsaal gehen, Flennwyfar, die ersten Gäste sind sicher schon da."

Da saßen sie alle, und wie immer hatte es keiner für nötig gehalten auf den Großkönig zu warten. Die besten Speisen waren mithin bereits verschwunden als Flennwyfar in die Runde blickte. Der alte Uriniens von Nordquales saß da, in jeder Hand einen Becher Wein aus denen er abwechselnd trank, Worgaime neben ihm verschwand fast hinter einer Wildschweinkeule, Morgrause fütterte ihren neuesten Liebhaber mit kandierten Gurkenscheibchen und zwei Ritter, Chauwaine und Garret übten sich im Fingerhakeln. Der greise Rectorius war dabei, seinen Bart mit einem Käsefondue bekannt zu machen, Tanzeflot hatte beide Hände tief in einem Plumpudding vergraben, als suche er eine goldene Rosine und überhaupt schienen alle in ganz unchristlich guter Laune zu sein. Ein schriller Ton ließ die Tafelnden erschrocken auffahren.
"Lasset uns beten!"

Flennwyfar hatte das Stimmengewirr durch eine trommelfellbetäubende Fanfare unterbrechen lassen. Soweit möglich falteten alle die Hände und murmelten etwas, das sich in den wenigsten Fällen sehr fromm anhörte. Doch schon eine Sekunde später lachten und schlemmten sie weiter drauf los.
"Ihr müßt Worgaime sein."
Der junge Tralalad beugte sich über den betrunkenen Uriniens.
"Ich sah Euch zuletzt, als meine kleine Schwester Nematode verschwand."
"So, verschwand? Tatsächlich?", schmatzte Worgaime vergnügt über ihr Wildbret hinweg.
"Ja, auch Ihr wart damals verschwunden. Meine Mutter sagte immer..."
"...dass ich eine böse, blutgierige Hexe sei. Stimmt's?"
"Und seid ihr wirklich eine Zauberin?"
"Nun", antwortete Worgaime, wobei sie genüßlich den Knochen abnagte, "eure Mutter hatte zweifellos Gründe, mich dafür zu halten. Da sie im

letzten Jahr verstorben ist, wie ich hörte, kann ich es ja verraten... Tanzeflot, hat dir Eleisen nie erzählt, wie sie mich um einen Zauber anflehte, der dich zu ihr führen würde?"

Tanzeflot lachte nur, warf mit einer Handvoll Plumpudding und fuhr fort, die Geschichte mit Perchlorins Drachen wieder einmal zu erzählen. "Doch leider", so endete er wie üblich, "hatte das Ungetüm keinen einzigen Knochen. Es war mehr eine Art Wurm und zersetzte sich sofort zu ekelerregendem Schleim, ähnlich dem Erbrochenen von Chauwaine dort drüben... So hatten Perchlorin und ich leider keinen Beweis mehr für die Wirklichkeit unserer Heldentat..."

"Jeder lebt in seiner eigenen Wirklichkeit, wie die Priester aller Religionen wissen, edler Tanzeflot." -Die Stimme klang wie ein Echo der Worte des Ritters. Und der Besitzer der Stimme sah ihm wie aus dem Gesicht geschnitten ähnlich. Alle die noch nüchtern waren blickten auf. "Wer seid Ihr?", fragte Barfus verwundert. "Entschuldigt, Großkönig, dass ich den Sohn Eurer Schwester nicht vorstellte", antwortete Morgrause, "Dies ist Gwyrgelin, der sich jetzt Wortred nennt. Er wuchs bei mir auf den Orknis auf und wurde in Schwavalon zum Druiden erzogen." "Man versuchte, einen Druiden aus mir zu machen. Doch ich fürchte, ich war dieser Ehre nicht würdig." "Dann seid ihr Christ geworden?", fragte Flennwyfar begeistert. "Vielleicht wäre ich es, wenn es jemandem gelungen wäre, mir einen wesentlichen Unterschied zwischen diesen beiden Religionen zu nennen, so es denn einen gibt... Kräuterzauber hier - Kreuzigung da! Die Große Göttin schenkt uns großzügig den Kreislauf von Tod und Wiedergeburt, der auch schon lange vor ihr existierte. Der christliche Gott gewährt uns huldvoll Vergebung für unsere Sünden, nachdem er uns vorher Schuldkomplexe eingeredet hat. Keiner gibt uns Antwort auf die wirklich wichtigen Fragen, zum Beispiel: Kann Wissen überhaupt wißbar sein? Und wenn nicht, woher wissen wir das?" "Meint ihr damit vielleicht", ließ sich nun zum ersten Mal der nachdenkliche Kelvin aus seiner Ecke hören, "dass wer keine Partei ergreift auch keine verraten kann?" "Der Begriff Verrat setzt ein moralisches Kalkül voraus, das wir erst ausdiskutieren müssten, edler Märklin. Wie sollte solches gelingen, nachdem wir uns seinerzeit nicht mal auf die Definition der Farbe Eures Banjos einigen konnten?" "Als Sohn meiner Schwester", wechselte Barfus das Thema, "seid ihr mir willkommen, als wäret ihr mein eigener, Wortred. Wenn Ihr wollt

schlage ich Euch gemeinsam mit meinem Thronerben Tralalad zum Ritter. Versteht Ihr Euch auf den Umgang mit dem Schwert?"
"Ich habe mir mal eines angesehen, mein König, doch es sah mir zu schwer für mich aus. Auch Reiten fällt mir nicht leicht... zum Krieger bin ich ungeeignet."
"Nun, dann vergesst die Frage."
"Andererseits... Ein Ritter sollte auch, da wird mir jeder zustimmen, gewisse geistige Fähigkeiten erworben haben, die nötig sind um Sinn und Hintergrund des Kampfes zu verstehen."
"Sicherlich."
"Und doch gibt es in der Tafelrunde den einen oder anderen, der des Lesens nicht mächtig ist, kaum Rechnen kann oder seine Lebensphilosophie aus den Sprüchen seines Abreißkalenders schöpfen muß."
"Ja, das läßt sich nicht leugnen, keiner ist perfekt."
"Seht Ihr, Barfus, und mir fehlen eben die Kampfkünste. Es ist nur recht, wenn ihr mich trotzdem zum Ritter schlagt!"

Und so erreichte Wortred, dass er am gleichen Tag wie Tralalad Mitglied der Tafelrunde wurde. Damit diese Aufnahme einen Sinn ergebe, müssten nun aber auch die Turniere um einige Disziplinen erweitert werden, überzeugte er Barfus, zum Beispiel das Wortgefecht, Brainstorming und den Kampf auf dem Schachbrett.
"Auch Spiele ohne Sieger sollten in Zukunft in Betracht gezogen werden.", argumentierte Wortred, "Der Wettkampfgedanke ist zwar nicht ganz falsch, doch gibt es noch andere Möglichkeiten sich lächerlich zu machen. Als Theaterensemble könnte die Tafelrunde zum Beispiel eine sehr brauchbare Mannschaft für die Inszenierung von Heldensagen abgeben; die hinreißenden Heroen in ihren süßen Sättelchen auf reizenden Rössern sollten als 'Schokoladentafelrunde' das Volk begeistern!"
"Keine schlechte Idee, was Barfus?", meinte Tanzeflot, "Das ewige Gemetzel schadet am Ende noch meinem Aussehen... Wir könnten auch eine Modenschau organisieren. Viele hier wissen nicht mal was das Wort Geschmack überhaupt bedeutet! Nicht wahr Wortred?"
"Geschmack? Nun, darunter versteht man das Wohlgefallen am bloßen zwecklosen Spiel unserer Gemütskräfte, wie ich in meiner „Kritik der Urteilskraft" in extenso ausführte... Sicher würde etwas Modebewußtsein uns nicht schaden."
"Ich bin dagegen...", murrte Chauwaine, wobei er Tanzeflot, der begonnen hatte affektiert, aber graziös auf und ab zu stolzieren, ein Bein stellte, "Ich weigere mich, etwas anderes als Leder zu tragen! Außerdem ruiniert mir solcher Kinderkram mein mühsam aufgebautes hartes Image."

Nun begannen auch die anderen Recken sich einzumischen: "Quatsch, immer nur Krieg ist unmenschlich; dauernd Blut auf meinem süßen Seidenlätzchen!"
"Wir wollen nicht die Zuckerjungs der Nation sein!"
"Am Ende nennen sie noch ihre Schokoladenriegel 'Rittersport'!"
"Spielverderber!"
"Schwert bleibt Schwert und Mann bleibt Mann, Mann!"
"Ich bin dagegen, dass wir dafür sind!"
"Ich bin dafür, dass wir dagegen sind!"
"Das ist Dekadenz."
"Lang lebe die Kadenz!"
"Hofschranzen!"
"Tafeltunten!"
"Laßt es gut sein, Kinder!", schmunzelte Barfus, "Ich will darüber nachdenken..."

*

Das Keifen und Zetern verebbte nur langsam, und flackerte an diesem Festtag immer wieder auf. Trotzdem freute Barfus sich, einen so gewitzten neuen Ritter in seinen Reihen zu haben. Er freute sich ja über fast alles, was nicht heißen soll, dass er das Leben nicht auch von der leichten Seite zu nehmen wußte. Die gute Laune des Pfingstfestes wurde beim Einzug der Gäste in den großen Bankettsaal leicht getrübt. Unbekannte Täter hatten an der Stirnwand der Halle, in der die Ritter das gemeine Volk feiern lassen wollten, ungewöhnlich obszöne Graffiti angebracht. Die Ritter konnten Karikaturen von Barfus, Tanzeflot und Flennwyfar im gemeinsamen Liebeslager sowie Worgaime beim Verkehr mit dem Satan bewundern. Darunter stand in großen Lettern:
"Schwuler Schwachsinn, Hysterie, an der Macht bleiben die nie! Heuchel, Meuchel, Totentanz -Worgaime ist 'ne verrückte Gans!"
Flennwyfar tat so, als habe sie nichts gesehen, wurde aber ziemlich rot. Barfus lachte und meinte:
"Nichts als Kindereien im Kopf, die Jugend von heute! Genau wie ich, äh... damals!"

Seine Ratgeber überzeugten ihn mühsam, dass es politisch wenig ratsam sei, vor dieser Wandmalerei seine Vasallen und sein Volk zu begrüßen. Und so kam es zu einer Verzögerung, bis die Stirnfront des Saales von einer Plane abgedeckt war. Es war ein großer Lacherfolg, als sich diese mitten in den Feierlichkeiten lockerte und herunter rutschte. Einzig und allein Barfus war zufrieden, dass seine Untertanen sich dieses Jahr so gut amüsiert hatten. "Ha ha, Kinder, da bin ich diesmal aber 'reingefallen!", lachte er mit der sympathischen Gelöstheit eines gefoppten Showmasters. Und tatsächlich, das Volk war von seinem Zauber gefangen und seine Beliebtheit stieg durch dieses Ereignis eher noch an, zumal er kräftig Gummibären verteilte.

*

Zehn Tage später hatte Worgaime Barfus überredet, ihr bei der Zurückgewinnung von Tingeltangel zu helfen, dessen rechtmäßige Erbin sie war. Der von ihr bestellte Hausmeister hatte dort die Macht an sich gerissen und sich zum Herzog ausrufen lassen. Ihn zu vertreiben meinte der Großkönig seiner Schwester schuldig zu sein. Er ahnte natürlich nicht, dass Worgaime Verrat im Sinn hatte. Wie Barfus Schwavalon, so würde sie nun ihn verraten. Ihr Weg führte sie an den nebligen Ufern des Sees der Heiligen Insel vorbei. Dort würde Semicolon warten, um das Heilige Schwert an sich zu nehmen...

Und wieder blubberte der Sumpf, quakten die Kröten und wallte der Nebel, als Worgaime den kleinen Trupp in die Irre führte. Der Morast schmatzte mit den Blutegeln um die Wette, auch die Priesterin leckte sich die Lippen.
"Folgt mir, Freunde!", kicherte Worgaime verräterisch, "Diese Abkürzung ist todsicher. Oder vertraust du mir nicht, Barfus?"
"Sicher vertraue ich dir, Schwester. Ich habe dir immer vertraut, bis auf die Jahre, die ich dich bespitzeln ließ. Außerdem bin ich gegen Mordanschläge durch blutgierige Hexen versichert. Der Märklin bestand darauf."
"Zahlen sie auch bei Verwandlung in eine Moorleiche? Nein, bleib nicht stehen, Bruderherz. War doch nur ein Scherz."
"Ich weiß, Worgaime, aber ich glaube, wir haben meine Eskorte im Nebel verloren. Wo bleiben sie bloß?", Barfus blinzelte arglos in den undurchdringlichen Dunst. Der Zeitpunkt war gekommen. Die Priesterin zückte ihr Eichhörnchen und beschwor die Ritter der Haselnuß, die Heilige Haselmaus und die Insignien der Petersilie.
"Waffen? Funksendeanlagen? Echt nich'? Kannst trotzdem mitkommen, Barfus. Scheinst ja 'n schwer etablierter Typ zu sein, Großkönig und so weiter. Wird Zeit dass du von dem Trip runter kommst."

Eine schöne junge Fee, in hautengen Hamsterpelz gekleidet, half Barfus von seinem Schimmel und zog ihn davon, wobei sie sich eng an ihn schmiegte... Worgaime kicherte in sich hinein. Ihr nutzloser kleiner Bruder würde sich vorkommen wie in einem Traum aus einer New-Age-Seifenoper. Semicolon bewegte sich nach seiner Weihe sicherer in diesem verzauberten Land als der Pentagon. Er würde ihm Explosibum nebst Scheide abnehmen und ihn dann umlegen oder auch nicht. Vielleicht war es sogar sicherer, wenn Barfus hier im Feenland in Gewahrsam blieb. Nur für den Fall, dass Semicolon zuviel Ehrgeiz entwickeln sollte. Es hatte schon so viele Verräter in diesem Kapitel gegeben...

Allein kehrte Worgaime nach Blameflop zurück. Die hartnäckigen Fragen von Flennwyfar, den Rittern der Tafelrunde, Priestern und Gläubigern des Großkönigs wies sie mit der Behauptung zurück, sie leide unter Gedächtnisschwund und kenne keinen Barfus.
"Wenn Semicolon mit Explosibum zurückkehrt, um die Macht an sich zu reißen, wird sowieso keiner mehr Barfus Namen gekannt haben wollen...", dachte sie bei sich. Doch es sollte anders kommen als sie dachte. Zwei Wochen später -die Zeit geht in solchen Märchenwelten bekanntlich schneller verloren als das Kapital von Kleinaktionären beim Börsenkrach- trabten ein paar Pferde in den Hof von Blameflop. Auf einem Rücken schaukelte ein ziemlich totes Bündel: Semicolon war trotz Heimvorteil der Macht Barfus, der Gewalt des Heiligen Schwertes und einem unglücklicherweise offenem Schnürsenkel erlegen. Auf dem Rücken des Leichnams fand sich eine Nachricht an Worgaime, die von Rechtschreibfehlern nur so wimmelte. Der Großkönig hatte Schutz in der Christenbasis Glatzoncrazy gefunden, wo er seine Wunden auskurierte. Er schwor ihr Rache für den Verrat. Noch bevor die ersten Steckbriefe mit ihrem Konterfei an den Bäumen klebten, brach Worgaime auf.

Der Weg nach Glatzoncrazy war nicht weit. Trotzdem schien es mir als ritte ich nur einen Augenblick, bis schon der See vor mir auftauchte. Vielleicht lag dies daran, dass ich aufbrechen mußte, ohne mir die Zeit für ein ausgiebiges Frühstück nehmen zu können. Doch der Kampf forderte Opfer von uns allen...

Wie ich später erfuhr, hatte Semicolon Barfus einen Schwerthieb in den Bauch versetzen können, ehe er über seinen Schnürsenkel stolperte und mein Bruder ihm den Schädel spaltete. Es war eine Ironie des Schicksals, dass die oft bespöttelte Abneigung des Großkönigs gegen jedwedes Schuhwerk ihm letztlich den entscheidenden Vorteil bringen sollte, um sich aus dem Netz meiner Intrigen zu befreien. Wenigstens war er diesmal nicht ganz ungeschoren geblieben. Die Verletzung sollte Barfus lange auf dem Krankenlager festhalten.

Als Nonne verkleidet gelangte ich unerkannt auf die Insel und in die Christenbasis Glatzoncrazy. Anscheinend fühlte sich Barfus sehr sicher, denn er hatte nur zwei Ritter unterer Kategorie als Wachposten vor seine Tür geordert. Zwei grüne Jungs, die noch nicht mal den Trick mit dem Kontaktgift auf der Goldmünze kannten -sie bissen sogar hinein um die Echtheit zu testen... Als ich über die beiden Leichen stieg, ahnte ich nicht, wie wenig Zeit mir bleiben würde, sonst hätte Barfus sein Schicksal schon in Glatzoncrazy vollendet.

Bei meinem Eintreten schlief er fest, den Schwertknauf Explosibums wie einen Schnuller zwischen den Lippen. Ich nahm mir erst die Zeit, seine Sachen nach der Scheide zu durchsuchen, die ich mit dem Schwert nach Schwavalon entführen wollte, denn nach einem eventuellen Todesschrei Barfus' hätte mir die Ruhe dafür gefehlt. Gerade hielt ich die magische Scheide in den Händen, da wurden die toten Wachen entdeckt.

Sekunden später war die Tür aufgebrochen und eine Brigade Bewaffneter stürmte herein. Mir blieb nichts mehr zu tun, als mich auf dem Fensterbrett kurz zum entsetzt herüber glotzenden Barfus umzudrehen und ihm ein "Bis bald, Brüderchen!" entgegen zu schleudern. Dann sprang ich in die neblige Nacht hinaus. In der Dunkelheit muß die Schwertscheide wie ein Hexenbesen gewirkt haben, denn die Ritter brüllten wie am Spieß Gebete. Vor lauter Schreien und Waffenklirren überhörten sie natürlich das Platschen mit dem ich in den Graben tauchte, der das Kloster umgab. "Die Hexe ist davon geflogen!" hörte ich sie schreien.

Keiner wagte es, mich in dieser Nacht zu verfolgen, da ich nach Schwavalon zurückkehrte. Ich hatte mein Möglichstes getan, und Niniweh konnte mir meinen Platz als erste Priesterin nicht länger verwehren. Nun mußte Gwyrgelin auf seine Stunde warten...

Ein überirdisches Vergnügen,
In Schlamm und Matsch am See zu liegen,
Und Sumpf und Nebel wonniglich umfassen,
Zu einer Gottheit sich aufschwellen lassen!

Eine gewaltige, grün verschleimte Auster tauchte aus dem Heiligen Spiegelsee auf. Knarrend öffnete sie sich und ein Zwerg im karierten Nachthemd erschien.

"Die Heiligen Insignien sind in unserer Hand!", grunzte er drohend, "Ein Abgrund wird Euch verschlingen!"

Die Auster verspeiste sieben geblümte Druiden, da strahlte ein Licht auf: "Geh hin und tue was getan werden muß, Worgaime! Was auch sonst? Tue es schnell und gründlich, auf dass es nicht geschehe langsam und lausig!"

Worgaime erwachte schweißgebadet. Im Traum war ihr etwas Wichtiges klar geworden, was ihr ganzes bisheriges Leben in Frage stellte: Niemals sollte man vor dem Schlafengehen eine dreifache Portion Muscheln zu sich nehmen.

Die Heilige Terrine befand sich in der Hand der Verräter. Schon bald sollte sie zu einem christlichen Propagandaspektakel mißbraucht werden, so berichteten die Spione Worgaime. Erzbischof Columbo hatte mit Kelvin, der sich immer noch Märklin von Britannien nannte, eine Strategie ausgeheckt, wie die Lehre der Göttin zu schwächen sei. Das diesjährige Pfingstfest sollte den Anlaß dafür bieten -der Jahrestag der Schlacht am Berg Ballyhoo wurde immer noch werbewirksam gefeiert. Die große Konferenz der Priesterinnen beriet, was zu tun sei. In den letzten Jahren war ihre Anzahl immer kleiner geworden, aber man bemühte sich um Nachwuchs. Auch die mittlerweile zu einer hübschen jungen Frau herangereifte Nematode sollte ihren ersten Auftrag erhalten.

"Nematode, mein Kind, die Zeit für deine erste Prüfung ist gekommen. Da du die Laufbahn einer höheren Priesterin leidlich bewältigen konntest, sollst du die Ehre haben einen der schlimmsten Verräter an unserer Sache seiner gerechten Strafe zuzuführen: Kelvin, den ehemaligen Märklin."

"Ich hoffe dieser Aufgabe würdig zu sein, Herrin.", das Mädchen blickte schüchtern nach unten und fuhr fort, nervös ein Messer zu wetzen.

"Kelvin ist ein häßlicher, mißgestalteter Krüppel. Verständlicherweise laufen ihm die Frauen nicht gerade nach. Du hast also leichtes Spiel dabei, ihn zu verführen. Dann betäubst du ihn und verschleppst ihn auf die Heilige Insel."

"Jawohl, Herrin."

"Schwieriger wird die Rückeroberung der Heiligen Terrine. Wir müssten wissen, was die Christen am Pfingstfest damit vorhaben. Wenn wir nur wüßten, was uns die Zukunft bringt."

"Ich muf nun fprechen...", meldete sich Raven heiser und lispelnd aus einer Ecke, es waren ihre ersten Worte seit fünfundvierzig Jahren, "Hörft du den Donner und Regen? Wolken ballen fich über unf fufammen. Ein Fturm fieht auf, ein Fturm bricht über Fwavalon herein und wird ef in

feinen Fluten mit fich reifen... Dunkelheit fenkt fich über daf Land... kurf
gefagt ein Tiefaufläufer erreicht unf heute nacht."
"Dann brechen wir erst morgen früh auf. Raven wird mich nach
Blameflop begleiten, da sie keiner kennt. Wir verkleiden uns als
Bauersfrauen.", entschied Worgaime, "Du, Nematode, reist getrennt von
uns als Edelfräulein. Da du Tanzeflots verlorengegangene Tochter bist,
wird Flennwyfar dich aufnehmen. Zum Glück siehst du Eleisen sehr
ähnlich." *968*

*

Raven und Worgaime wurden auf ihrem Inkognito-Fußmarsch zur Feste
König Barfus' oft von einfachen Landleuten aufgenommen. Sie erhielten
Brotrinde, rösteten gelegentlich einen Hund oder eine Katze, und wurden
sogar einmal in eine Dorfspelunke eingeladen, wo ein Bauernpaar
Hochzeit hielt. Man tanzte fröhlich und sang die Lieder der einfachen
Menschen:

"Der Priester im prachtvollen Kleide,
macht mir die Kindlein nackt.
Der Priester Gold und der Pfaffen Geschmeide
hab' ich aus dem Acker gehackt..."

Begeistert schunkelten die Priesterinnen mit. Hier würde es wohl bald
wieder Arbeit für die Schlägertrupps und Folterknechte des Königs
geben. Worgaime überlegte kurz, einen Bauernaufstand gegen Barfus
vom Zaun zu brechen. Aber das erschien ihr doch zu gewagt. Am Ende
würden sich die Leute noch gewerkschaftlich organisieren. Nein, so etwas
durfte nicht geschehen. Eher sollte Schwavalon untergehen.

Endlich erreichten sie Blameflop. Es war der Morgen des Pfingstfestes;
schon bald erlebte Worgaime die Zeremonie, der sie so oft auf der
Ehrentribüne beiwohnen konnte, aus der Sicht des Volkes. Wein und Brot
wurde den Menschen gereicht. Viele würden das ganze Jahr nichts
besseres essen, da die Steuereintreiber des Königs alles für Zwecke wie
diesen konfiszierten. Das Fest rollte ab wie immer, nur war es diesmal
noch eine Spur pompöser –Tai, der Hofmeister und Ginseng, hatte sich
große Mühe gegeben. Erzbischof Columbo trat auf, glotzte mit seinem
Glasauge in die Runde:
"Der Blick Gottes ruht auf euch, meine Schäfchen! Betet zu Gott, dann
wird auch Gott für euch beten!"
Seine Assistentin, ein leicht bekleidetes Edelfräulein (der weise Erzbischof

kannte die lasterhaften Vorlieben seiner Schäfchen wie kein anderer!),
steppte mit einem Tablett herein, auf dem ein verhüllter Gegenstand
schaukelte. Die Heilige Terrine! Worgaime wußte, dass sie hier und heute
ihre ganze Magie brauchen würde.
"Göttin!", betete sie, "Ich bin deine Priesterin, o Mutter! Ich flehe dich
an, mache dich zum Werkzeug meines Willens!"

Die Luft war stickig, alle waren von der Hitze und vom Wein so
benommen wie die debilen Gäste einer Late-Night-Show, die auf die
angestrengten Grimassen eines hochaufgeschossenen bebrillten Komiker-
Darstellers warten. Überall saßen bezahlte Claqueure, denen bald das
traditionelle Herold-Schmudd-Team auf ein Augenbrauenzucken des
Showmasters hin Pappschilder mit der Aufschrift "Pointe!"
entgegenrecken würde. Die Bedingungen für unmotivierten Applaus wie
für eine religiöse Massenhysterie waren also günstig. Worgaime stand auf
und ging auf den Priester zu. Ihre Magie ließ die Menschen
zurückweichen. Ein brausender Wind fuhr durch die Gemeinde, manche
behaupteten, sie hätten die Sphärenklänge eines ganzen Saales voller
Banjos gehört. Ein grelles Funkeln, wie von einer geschickt geworfenen
Blendgranate lag über Worgaime. Mit einer schnellen Bewegung streute
sie Kräuter in die mit Wein gefüllte Terrine. Den ersten Schluck
trichterte die Herrin der Heiligen Insel dem überraschten Priester ein, der
rasch zusammensank. Dann ging sie herum und alle folgten dem Beispiel
des Gottesmannes. Diese Droge würde die lahmen Hirne ein paar
Umdrehungen schneller laufen lassen. Viele hatten getrunken, der Rest
mußte ohne Droge ausflippen. Ein bißchen Blendwerk, Hokuspokus und
ein paar faule Zauber, dann trat Worgaime teuflisch kichernd den
Rückzug an. Der Saal brodelte.

"Gott ist da! Oh, Gott! Gott ist da!" jaulte plötzlich Erzbischof Columbo.
Alle sprangen auf und brüllten Gebete, rissen sich die Kleider vom Leib,
schütteten Wein in sich hinein und über die anderen. Die Ritter und
Hofdamen hüpften und kugelten von der Tribüne, einige heulten wie
Schloßhündchen, andere wollten sich ausschütten vor Lachen.
"Heil Britannien! Heil Barfus! Heil Britannien! Heil König Barfus!",
schrie eine überschnappende Stimme immer wieder. Worgaime sah im
Hinausschleichen, dass es ein mit beiden Händen Gummibären um sich
werfender Barfus war.

Die Operation "Fünf Minuten Terrine", so hatte man die Rückeroberung
der Schale genannt, erwies sich als voller Erfolg. Als man bei Hofe nach
einigen Stunden durchgehender Orgien wieder zu Bewußtsein kam, waren
alle überzeugt, einer mystischen Erscheinung Gottvaters oder der Mutter,

vielleicht sogar der Schwiegermutter Gottes beigewohnt zu haben. Da die Ursache dieser göttlichen Orgie angeblich die Heilige Terrine gewesen war, kam große Wut auf, als sie nicht mehr gefunden werden konnte. Die Ritter schworen, das Wunderding mit allen Kräften aus den Klauen des Satans zurück zu erobern. Was lag näher, als ihm auf direktem Weg in die Hölle zu folgen? Sie bewaffneten sich also mit Spaten und Hacken und begannen, im Bankettsaal zu graben. Der "Heilige Grabel" oder "Heilige Graal", wie sie ihr Ziel logischerweise nannten, und spätere Chronisten nebst pompöse Opern schreibender Epigonen damit auf die falsche Spur setzten, wurde zur Obszession. Ihre neugegründete "Legion der Tiefschürfenden" brach schon bald unter schweren Verlusten an Mann und Gerät durch die Decke des Weinkellers, wo anschließend nicht wenige der Trunksucht verfielen.

In zahlreichen Arbeitspausen spann die "Legion der Tiefschürfenden" immer abenteuerlichere Legenden um das Objekt ihrer Begierde: Es sei die Schüssel gewesen, worin Pilatus seine Hände nach der Verurteilung Jesu Christi in Unschuld gewaschen habe, es sei das Spucknapf Johannis des Täufers, ja, es sei gar das Nachtgeschirr gewesen, worin der Gekreuzigte selbst seine letzte Notdurft verrichtet habe. Immer tiefer wühlten sie sich ins Innere der Erde, der Sauerstoff wurde knapp, Hirnschäden stellten sich ein und so fand man zu den alten nordischen Mythen zurück. Götterdämmerung umnachtete ihre Köpfe, Götterspeise, auch Wagnerpudding genannt, vergiftete ihr Gemüt. Viele wurden verschüttet, nur wenige kamen zur Vernunft, wechselten den Beruf und wurden dickleibige Rechtsanwälte. So kam es, dass sich die mächtige Tafelrunde König Barfus' zerstreute. Sie sollte nie mehr zu ihrer alten Speisestärke zurückfinden.

"Ich liebe Banjos!", flüsterte feucht die niedliche Nematode, wobei sie Kelvin verliebt in die Augen blinzelte.
"Ich wünschte, jemand würde einmal mich so zärtlich zum Klingen bringen, wie Ihr Euer Instrument, wenn Ihr es meisterhaft liebkost, O Edler Kelvin!"
"Vielen Dank", wehrte Kelvin bescheiden ab, "Ich bin nicht von edlem Gestüt, äh, Geblüt. Es genügt, wenn Ihr mich 'Märklin von Britannien' nennt, oder einfach 'Meister'."
"Oh, Meister, wenn Ihr wüßtet, wie ich mich in meinen schweißnassen, schlaflosen Nächten

nach Euch sehne, nach Eurer Musik und nach Eurem Instrument..."
"Nun, mein Amtsvorgänger empfahl bei Schlaflosigkeit das Autogene Training, aber in Eurem Fall habe ich eine viel bessere Idee, direkt vom Baume der Erkenntnis..."
"Der Äpfelchen begehrt ihr demnach sehr?"
"Schon vom Paradiese her!"
"Von Freuden fühl ich mich bewegt, dass auch mein Garten solche trägt! Heute abend, unten vor dem Schloß. Dort steht ein kleiner Pavillon."
"Ist der auch behindertengerecht ausgebaut?"
"Ich habe extra danach geschaut. O Meister, Ihr wärmt mir Herz und Schoß, mein Apfel für Euch, süße Triangulation..."

Nachdem sie davon getänzelt war, wischte der Märklin sich erstmal den Schweiß von der Stirn. Dann trat jemand aus einer dunklen Ecke der kleinen Burgkapelle, wo Nematode den Märklin gestellt hatte. "An deiner Stelle würde ich heute abend nicht in diese Falle rollen, Kelvin."
"Wortred! Du hast uns belauscht!"
"Ist doch ein lauschiges Plätzchen hier. Aber diese Schlange riecht geradezu nach Verrat."
"Ich fand eher, nach zwei Portionen Flieder-Moschus."
"Du mußt doch zugeben, dass du ziemlich häßlich bist, Kelvin."
"Na und? Vielleicht steht sie ja auf Banjogeklimper! Außerdem habe ich noch andere Vorzüge zu bieten."
"Trotzdem, eine Analyse von einundachtzig repräsentativen Werken der Trivialliteratur hat mir gezeigt, dass dort häßliche Menschen in 99 Prozent der Fälle böse sind, zumindest aber böse enden. Nimm dich also in Acht!"

Das Verschwinden von Kelvin und Nematode löste in Blameflop natürlich die wildesten Gerüchte aus. Keines traf nur annähernd die Wahrheit. Gwyrgelin fehlte nun der einzige ernstzunehmende Gesprächspartner, den es auf der Burg noch gegeben hatte. Viele der Recken Barfus' waren zwar schon ohne Gral zurück gekehrt, doch stand es mit ihrem Intellekt nicht zum Besten. Die meisten Priester standen den Rittern an Weisheit nicht nach, obwohl einige sogar Lesen konnten. Erzbischof Columbo war von seinen Amtsgeschäften zu sehr beansprucht und benötigte die wenigen kurzen Stunden Freizeit am Tag zur Entspannung bei der Exegese pornographischer Reliquien.

Was blieb dem ärmsten Gwyrgelin anderes übrig, als sich mit Ontologie zu beschäftigen? Schließlich wendete er seine Überlegungen in einer dialektisch-semantischen Möbiusschleife zurück auf seine konkrete Situation im Hier und Jetzt und kam zu einem brillanten Schluß:

"Politische Handlungen wesen außerhalb des Begriffsraumes der wahren Werte. In Bezug auf Raum, Zeit, Sinn und Heiratsschwindel ist der Begriff 'Verrat' hermeneutisch relativ. Morgen stürze ich Barfus, sonst sterbe ich an Langeweile." Dieses Unternehmen erwies sich aber als schwerer als er glaubte. Die Vorbereitungen währten viele, viele Tage. Beinahe eine ganze Woche.

*

Kelvin! Du hast die Große Göttin verraten! Du hast den Christen zur Macht über unsere Länder verholfen. Einer Religion, die nicht nur ein Folterinstrument als Wahrzeichen gewählt hat und ihre Ketzer grausam auf dem Scheiterhaufen verbrennt, sondern die mit ihrer dümmlichen Schöpfungsgeschichte auch noch eine Beleidigung des Intellekts darstellt. Hast du irgend eine Rechtfertigung für deine blasphemischen, geschäftsschädigenden Verbrechen vorzubringen?", Worgaime stand gebieterisch vor dem Geknebelten. "Ich höre nichts. Nun Kelvin, du weißt, wir sind eine friedliche kleine Religionsgemeinschaft, man darf uns nur nicht reizen. Verräter finden wir besonders reizend. Trotzdem erhält jeder seine faire Chance: Ich werde jetzt diese Münze werfen. Kopf oder Zahl? Das wüßtest du wohl gerne. Kopf steht natürlich für Köpfen und Zahl für die Zahlreichen Tode nach den Riten der Grausamen Göttin. Du weißt schon, Häuten und so weiter. Pech gehabt: Zahl!"
Kelvin riß entsetzt die Augen auf. Priesterinnen und Druiden johlten begeistert, doch Worgaime winkte gnädig ab.
"Na, immerhin muß ich dir zugute halten, dass du Barfus und seinen Hofstaat jahrelang mit deinem Banjogeklimper geplagt hast, also lasse ich dir drei Minuten Vorsprung, ehe ich die Druidenhenker hinter dir herjage. Bindet ihn los!"
Kelvin kniete vor ihr und rieb sich benommen die erstarrten Gelenke. Dann schossen plötzlich mit einer unerwartet wilden Bewegung seine krallenhaften Krüppelhände auf Worgaimes Gesicht zu. Mit triumphierendem Kreischen griff er hinter ihr linkes Ohr, zog eine kleine Zyankalikapsel hervor und keuchte dann mit brechenden Augen:
"Leb' wohl, du verrückte Gans..." *1019*

*

Nach Kelvins Hinrichtung war Niniweh gen Blameflop geschickt worden, um Wortred zum Sturz Barfus' zu überreden. Wahrscheinlich wollte Worgaime sich damit auch eine unbequeme Glaubensschwester aus den Augen schaffen. Als sie ankam mußte sie sehen, dass er bereits ein recht anständiges kleines Komplott eingefädelt hatte. Gwyrgelin zeigte sich allerdings wenig geneigt, die Pläne Schwavalons darüber hinaus zu unterstützen. In nächtelangen moralphilosophischen Disputen diskutierten er und Niniweh die Lage.

Schließlich verlor die Priesterin die Lust, schloß sich der umherziehenden Gauklertruppe "Schmuddeinander" an und verschwand für immer. Wortred dagegen intrigierte munter in der Tafelrunde gegen den Tyrannen, von dem er die Stadt befreien wollte. Barfus Beliebtheit war seit des Verschwindens des Heiligen Grals von Umfrage zu Umfrage gefallen. Mit seinen Rittern, von denen viele bei der Suche nach dem Gral ihren ohnehin bescheidenen Verstand verloren hatten, war auch seine Macht dahin geschwunden. Tanzeflot und Chauwaine standen jedoch immer noch an der Seite ihres Königs. Auch eine Reihe jüngerer Kämpen hielt dem Hof noch die Treue, aber keiner von ihnen hatte Barfus' größten Sieg am Berg Ballyhoo miterlebt. Manche sahen in ihm nur noch einen tatterigen Schwachkopf, der von den Legenden seiner Taten lebt. Auch gab es gewisse Gerüchte über den ersten Ritter Tanzeflot. Sollten diese etwa der Wahrheit entsprechen? Gwyrgelin nahm Chauwaine beiseite und erzählte ihm, was Dienstboten gemunkelt hätten. Die jüngeren Kampfgefährten, denen Tanzeflot kein Held mehr, sondern ein alter Platzhirsch war, schlugen vor, den Schlimmling in flagranti zu ertappen. Und so legten sich Chauwaine, Garret, Wortred und eine Handvoll Beherzter auf die Lauer.

"Flennwyfar, Liebste!", leise zog Tanzeflot die Tür hinter sich zu. Nackt kroch er zur Königin unter die Decke. "Ich brenne vor Verlangen, Tanzeflot! Es ist schon so lange her! Mindestens acht Stunden."
Da flog das Fenster auf und die Ritter sprangen herein. "Nein! Tanzel!", schrie Chauwaine entsetzt, "Das hätte ich nie gedacht! Wie kannst du Barfus das antun? Oh, Gott! Welche Schande!"
"Da! Es stimmt also. Tanzeflot betrügt König Barfus mit dessen Frau!"
"Darum nennt man ihn also den Gehörnten!"
"Tanzeflot betrügt den König! Mit einer Frau!"
"Mit einer Frau? Wie ekelhaft!"
"Und so eine Memme will die Tafelrunde anführen? Dem sein bester Ritter davon läuft? Wegen einer Frau?"
"Recht hast du, Wortred!"
"Du sollst endlich König sein!"
"Weg mit den alten Platzhirschen!"
Tanzeflot war zunächst aufgesprungen, doch nun sank er immer mehr zusammen und kippte schließlich vom Bett. Garret beugte sich über ihn. "Er ist ohnmächtig geworden! Sein Kreislauf war noch nie so besonders."

Doch da fuhr der erste Ritter plötzlich wieder hoch, wie von der Tarantel gestochen, hatte wie durch Zauberei sein Schwert in der Hand und schlug es Garret quer durchs Gesicht. Als die anderen zurückwichen, hieb er ein paar mal um sich, sprang schnell zur Tür hinaus und verriegelte sie von außen.

"Barfus! Schnell! Wir müssen fliehen!", hörten die Ritter ihn noch brüllen. Und ehe sie die Tür aufbrechen konnten, waren die beiden Entehrten entkommen. Bleich und verdutzt stand Gwyrgelin vor der laut heulenden Flennwyfar und den entsetzten Resten der Tafelrunde.

"Das habe ich nicht gewollt!", behauptete er, "Konnte ich denn ahnen, dass ein bewaffneter Staatsstreich Menschenleben kostet? Ich wollte doch nur die Stadt vom Tyrannen befreien. Das mußte nun Garret bereuen."

Ritter Chauwaine kniete, selbst von Tanzeflots Schwert getroffen, bei seinem kleinen Bruder Garret und erkannte, dass in dieser Situation selbst ein großer, grauhaariger Macho weinen durfte:

"Mein Bruder Garret ist tot!", schluchzte er, "Und mein liebstes Lederwams ist aufgeschlitzt! Ich werde mich rächen! Tanzeflot wird von meiner Hand sterben, selbst wenn er dabei den Tod findet!" *1091*

Worgaime erzählt...

Das Reich König Barfus' zerfiel. Mein Bruder konnte gemeinsam mit Tanzeflot noch ein paar Getreue sammeln, eine kleine Armee aufstellen und versuchte nun, gegen Blameflop zu marschieren. Aber die meisten Ritter standen auf Wortreds Seite und schlugen ihn zurück. Sie verfolgten den gestürzten König und dieser flüchtete sich in die Nebel um den See von Schwavalon.

Wortred selbst war es schließlich, der Barfus fand, als ich gerade mit der Barke an das Ufer gelangte. Der entmachtete Großkönig ließ das Schwert Explosibum auf seinen eigenen Sohn niedersausen. Gwyrgelin versuchte vergeblich den Schlag mit dem dicken Band "König Ödipussi -und andere griechische Sagen" abzuwehren.

Barfus Schwert aber brach ab! Es mag sein, dass hier die Magie von Schwavalon ihre Meister in den alten griechischen Gottheiten fand. Vielleicht zog ein neuer Mythos herauf, der den hellenischen Tempeln näher lag als den Ringsteinen von Stonehenge. Oder es war einfach die Garantiezeit für Explosibum abgelaufen.

Während Gwyrgelin verblutete gab er noch mehrere kleine Aphorismen über den Tod, das Sein und das Nichts von sich. Da er in der letzten Agonie jedoch in einen tibetanischen Dialekt verfiel, den ich nur ungenügend beherrsche, bleibt ihr Sinn teilweise dunkel. Sie besagten in etwa: Der Tod hat, wie jedes Ding, zwei Seiten zuviel. Das angenehme am Tod ist, dass er einen von der Angst befreit, unsterblich zu sein; das ewige Nichts ist in Ordnung, wenn man entsprechend gekleidet ist; das Sein und das Nichts haben gemeinsam, dass sie einem auf die Nerven gehen, wenn man schlechte Laune hat, und er hoffe, die Philister stürben mit seiner Seele...

Was Barfus angeht, so ist zu sagen, dass er mit seinem abgebrochenen Zauberschwert dastand wie ein kastrierter Pinguin. Er schüttelte mehrfach den Kopf, sagte dann zu sich selbst, gehen wir, und machte prompt einen Schritt in einen rostigen Nagel. Barfuß wie er war, holte er sich natürlich eine Blutvergiftung und starb drei Tage später in meinen Armen in Schwavalon, wobei er röchelte:

"Oh Gott, du bist es, Worgaime? Wirst du mich nie mehr verlassen?"
"Nein, mein Bruder, ich werde dich nie mehr verlassen.", antwortete ich. Daraufhin verzerrte er sein Gesicht, erbrach sich und starb. Ich hatte den

Raum schon halb verlassen, da kehrte wieder etwas Leben in ihn zurück und er stammelte ein letztes rätselhaftes:
"Mengenlehre ist kein Beinbruch, aber bitte bügelfrei."

I m Frühling des folgenden Jahres hatte Worgaime einen seltsamen Traum:
Tanzeflot ritt auf einem Banjo über den See. Sein Gesicht strahlte in unirdischem Glanz und er rief nach Worgaime und Flennwyfar, er wolle ihnen Barfus' Grabstein schenken, behielt ihn dann aber doch als Andenken. Barfus kam im Rollstuhl herbeigeeilt, wobei er sein Schwert verlangte, oder besser noch sein Königreich, wofür er dann ein Schwert eintauschen könne. Alle aßen Spaghetti und auf jedem Teller lag wachsam Erzbischof Columbos Glasauge und blinzelte anzüglich.
Gehörnte Eichhörnchen hüpften im Kreis und flüsterten:
"Mögen deine Eicheln immer rot und saftig sein."
In ihrer Mitte stand plötzlich Triviane und schrie mit soßenverzerrtem Gesicht: "Und mögen deine Eichhörnchen nie grau werden!"

Als Worgaime schweißgebadet mit einem Entsetzensschrei erwachte, saß auf ihrem Fensterbrett das erste graue Eichhörnchen. Sein verdutzter Gesichtsausdruck ähnelte dem ihres Bruders im Moment des Todes an ihrer Brust. Sie warf ihre Zahnprothese nach dem Nagetier und wußte: Es war an der Zeit, den Beruf zu wechseln...

EPILOG

Worgaime verließ die Heilige Insel heimlich an einem nebligen Morgen. Noch war es nicht zu spät die Fronten zu wechseln. Schwavalon würde der Vergessenheit anheimfallen, aber seine Erste Priesterin gab nicht auf!

Zum Christentum konvertiert, brachte sie es bald zur Äbtissin. Doch die weiteren Aufstiegschancen waren für Frauen nicht die besten in der neuen Religion. Der Frischzellentherapeut des verstorbenen Phaliesin -seit ihrem 105. Lebensjahr besuchte Worgaime ihn regelmäßig- wußte Abhilfe: Eine kleine Geschlechtsumwandlung.

Leider stieß Worgaimes "Wunder des Heiligen Geistes" bei den Bischöfen auf Ablehnung, zumal als Nebenwirkung dunkle Hautfarbe und ein arabischer Akzent auftraten. Der frischgebackene Abt wurde als Hexer davon gejagt. Worgaime floh unter fürchterlichsten Racheschwüren weit über ferne Kontinente, wo sie jahrelang unter dem Namen "Morgaine" in der Wüste lebte; darin wurzelt auch der Begriff "Fata-Morgana", Trick der Morgaine, denn eines ihrer neuen Hobbys war es, Beduinen mit Trugbildern in die Irre zu führen, um ihnen fern jeder Oase Schläuche mit Brechmittel versetzten Wassers andrehen zu können.

Dann hatte sie endlich eine neue Strategie ausgearbeitet, die ihr ein Comeback erlauben würde: Sie würde es den verdammten Christen schon zeigen kicherte sie -oder er, der sich jetzt Mohammed nannte-, als er in Mekka und Medina die Lehren des Islam predigte... *1115*

Inhaltsverzeichnis

Anmerkung:
Die Projektgruppe dekonstruktive Analyse trivialer Gegenwartsliteratur strebt die satirische Verortung bzw. parodistische Veranschaulichung postmoderner Pseudomythologien in der multikulturellen Medienlandschaft "globalisierter" Informationsgesellschaften unter Einbeziehung von Aspekten aus dem Formenkreis Gender Studies, New Economy und „ethnischer" Religionspsychologie am Beispiel von Marion Zimmer Bradleys "Die Nebel von Avalon" an. Der vorliegende Projektbericht soll in der Tradition der im Königsberger Jiddisch gereimten Saga des Ritters Widuwilt dem überkommenen Kitsch pseudospirituellen Gralsmystizismus den endgültigen Todesstoß versetzen, orientiert an einer chaplinesken Interpretation der talmudischen Filmsprache Woody Allens („immer wenn ich fünf Minuten Wagneropern hören muß, erwacht in mir das unbändige Verlangen nach Polen einzumarschieren"). Das Forschungsvorhaben der Projektgruppe dekonstruktive Analyse trivialer Gegenwartsliteratur wurde im Rahmen der interdisziplinären Akademie für Studien zu Sozialem Konstruktivismus und Wirklichkeitsprüfung (www.boag.de) großzügig gefördert und in Zusammenarbeit mit den Lehrstühlen für Keltische Kulturkunde und Mediale Mediävistik sowie der Tischgesellschaft für genealogische Gynäkologie der Ärztekammer von Mittelerde durchgeführt, denen hiermit herzlich gedankt sei. Zur Erleichterung des Leseflusses wurde auf das Einfügen von hermeneutischen Anmerkungen und metakritischen Fußnoten und −angeln weitestgehend verzichtet. Kleine, *kursiv* gesetzte Ziffern am Absatzende verweisen auf parodierte Episoden im zu dekonstruierenden Textkörper.

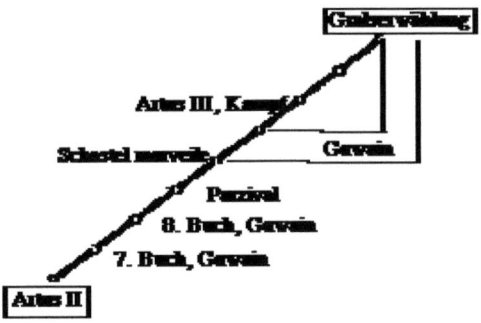

Doppelwegschemata der Handlungszyklen, arturischer Gralsroman
Grafik nach Volker Mertens 1998 op.cit., S.59, 142.

Die Schnäbel von Avalon, Magerion Zimmer-Bradwurst
Hamburg, 2001 n.Chr., o.Vlg.
Untertitel: Zur Dekonstruktion eines Mythos. Ergebnisbericht der Projektgruppe
„Dekonstruktive Analyse trivialer Gegenwartsliteratur"
Amerikan. Ausg. (geplant) >The Mistakes of Avalon<,
frei nach Zimmer-Bradley, Die Nebel von Avalon, Frankfurt: Fischer Taschenbuch
Verlag 1987 (amerikanisches Original >The Mists of Avalon< 1982)
Druck/Vertrieb: Books-On-Demand www.bod.de
Copyright by T.H.Barth Alle Rechte vorbehalten, insbesondere das der
Verfilmung als Hollywoodschnulze. Umschlaggestaltung: Ambiente
Marketing, Hamburg nach Hieronymus Bosch "Der Heuwagen",
modernisierter Ausschnitt aus dem Mittelteil des Triptychons mit
Elementen aus Dürers "Ritter, Tod und Teufel"

Printed in Germany **ISBN 3-8311-1647-4**